| 효경 |

孝 經

장기근 譯註

明文堂

차 례

제1 개종명의장開宗明義章

개(開)는 열어 보이다, 종(宗)은 근본 혹은 본지(本旨), 명(明)은 밝히다, 의(義)는 의리(義理). 즉 이 책의 근본을 펴고, 효도의 뜻과 도리를 밝힌다는 뜻이다. 송(宋) 형병(邢昺)은, '이 경서의 종본을 열어서 펴고, 오효의 의리를 밝게 드러내다.(此章開張一經之宗本, 顯明五孝之義理.)'라고 풀었다. 오효(五爻)는 천자(天子) · 제후(諸侯) · 경대부(卿大夫) · 사(士) · 서인(庶人)의 다섯 계층 사람들이 지켜야 할 효의 뜻이다. 분장(分章)과 장명(章名)은 본래부터 있던 것이 아니고, 후세에 방편상 마련된 것이다. 여기서는 형병의 주소본(注疏本)을 따랐다.

1-1

공자가 한가롭게 앉아 있고, 옆에 증자가 시좌(侍坐)하고 있었다.

공자가 말했다.

"옛날의 성군이나 명왕은 최고의 덕행과 긴요한 도리로 천하를 순리로써 다스렸다. 그러므로 백성들도 화목하고 아래위가 원망하는 일이 없었다. 이를 너는 아느냐?"

증자가 자리를 비켜 일어나 말했다.

"저는 영민하지 못합니다. 어찌 알 수 있겠습니까?"

仲尼居 曾子侍.
중니거 증자시

子曰 先王有至德要道 以順天下 民用和睦 上下無怨 汝知之乎.
자왈 선왕유지덕요도 이순천하 민용화목 상하무원 여지지호

曾子避席曰 參不敏 何足以知之.
증자피석왈 삼불민 하족이지지

주

仲尼(중니) 공자(孔子)의 자(字). 이름은 구(丘). 중니에 대해서는 설이 많다. 공자의 어머니 안씨(顔氏)가 이구산(尼丘山)에 빌어서 공자를 낳았으므로 이름을 구(丘)라 했으며, 공자의 형의 자가 백(伯)이므로 공자의 자를 중니라 했다고도 하고, 또 중니는 중화(中和)의 뜻이며, 공자가 중화의 덕을 지니고 있으므로 중니라고 자를 지었다고도 한다. 공자는 춘추(春秋)시대 노(魯 : 지금의 산동성山東省 곡부현 曲阜縣)에서 주 영왕(靈王) 21년(기원전 551)에 태어나 경왕(敬王) 41년(기원전 479년)에 졸했다. 노나라 사구(司寇 : 법을 집행하는 고관)를 거쳐 한때는 재상의 일을 겸하기도 했으나, 뜻을 얻지 못하고, 여러 나라를 주유(周游)했다. 말년에는 다시 노나라로 돌아와 시서(詩書)를 산찬(刪撰)하고, 예악(禮樂)을 정하고, 《역경(易經)》, 《춘추(春秋)》 등을 편찬했고, 아울러 제자들에게 학문을 전수했다. 제자가 약 3천 명이 넘었으며, 그중 육예(六藝)에 정통한 선비만도 72명이 되었다. 공자는 위대한 사상가이며 유가(儒家)의 시조로, 당 현종(唐 玄宗) 개원(開元) 연간에는 성문선왕(聖文宣王)이라 시호가 내려졌고, 명(明) 가정(嘉靖) 연대에는 지성선사(至聖先師 : 지극한 성인의 경지에 이른 선생님)라고 불렸다. 오늘날에도 대만에서는 공자의 생일을 양력으로 환산한 9월 28일을 교사절(敎師節)로 정하여 만세사표(萬世師表)인 공자를 기념하고 있다.

居(거) 《고문효경(古文孝經)》에는 한거(閑居)라 되어있다. 한가롭게 앉아 있다.

曾子(증자) 공자의 제자로 노나라 무성(武城) 사람. 성이 증(曾), 이름은 삼(參), 자는 자여(子輿), 공자보다 46세 아래로, 성품이 효성스러웠고 공자의 '일이관지(一以貫之)'한 도(道)를 잘 터득하여, 유학을 전수하는 데 중심적 역할을 했다. 사서(四書)의 하나인 《대학(大學)》을 저술했으며, 종성(宗聖)이라고 존칭하였다.

侍(시) 시좌(侍坐). 아랫사람이 윗사람 곁에 앉아서 시중드는 것.

先王(선왕) 선대(先代)의 성제(聖帝)나 명왕(明王). 요(堯)·순(舜)·우왕(禹王)·탕왕(湯王)·문왕(文王)과 무왕(武王)을 말한다. 한편 선왕을 문왕만을 가리킨다고 하는 설도 있다.

至德(지덕) 지(至)는 지극히 크고 높다, 덕(德)은 덕행. 즉 지고무상(至高無上)의 덕행으로, 효(孝)가 바로 지덕이다. '덕은 사람의 마음이 천리에서 얻은 것이다.(德者, 人心所得於天之理.) - 집주(集註)' 즉 인의예지신(仁義禮智信)이 모두 덕이다.

要道(요도) 요(要)는 중요하다, 긴요하다, 절실하다. 도(道)는 도리. 즉 가장 긴요하고 중요한 도리. 그것이 바로 효의 도리다. 정주(鄭注)에 있다. '효는 덕의 지고, 도의 요다.(孝者, 德之至, 道之要也.)' 참고로 도와 덕의 기본 뜻을 풀이하겠다. 도는 원리이고, 덕은 득(得)으로 원리를 따라서 얻어진 것, 결과이다. 덕이란 도를 실천한 결과의 좋은 열매다. 도는 만인이 모두 좇고 따라야 할 원리이며 길이다. 결국 원리와 실천을 도덕이라 할 수 있고, 따라서 최고의 도덕은 효라 할 수 있다.

以順天下(이순천하) 이(以)는 용(用)과 같다. 순(順)은 순종, 또는 훈(訓), 교훈, 훈도(訓導)의 뜻으로 풀기도 한다. 형병(邢昺)은 이렇게 풀었다. '선대의 성제 · 명왕의 최고의 덕이고 가장 긴요한 도인 효를 행하여 천하 모든 사람의 인심을 부드럽게 하여 순종시키고, 나아가 그들을 교화했다.(先代聖帝明王, 皆行至美之德, 要約之道, 以順天下人心而教化之.)'

民用和睦(민용화목) 용(用)은 이(以 : 그것으로써), 인(因 : 그러므로)에 통한다. 그것으로써, 따라서. 화목은 서로 친애(親愛)하고, 화합하다. 목(睦)은 친(親)의 뜻.

上下無怨(상하무원) 원(怨)은 한(恨)과도 같다. 《맹자(孟子)》 이루편(離婁篇)에 있다. '임금이 신하를 자기 손발처럼 여기면, 신하는 임금을 자신의 배나 마음처럼 여긴다.(君之視臣如手足, 則臣視君如腹心.)'

汝(여) 너, 그대, 자네. 옛날에는 여(女)라고 썼으며, 이(爾)와 같다.

避席(피석) 자리에서 일어나다. 피(避)는 피(辟)로도 쓴다. 윗사람이 물으면 아랫사람은 앉았다가도 일어나서 대답하는 것이 옛날의 예절이었다. 당(唐) 현종(玄宗)의 《효경》 어주(御注)에 있다. '예로써 스승이 물으면 앉았던 자리를 비키고 일어나 답한다.(禮, 師有問, 避席起答.)'. 《여씨춘추(呂氏春秋)》 직간편(直諫篇)에 '환공피석(桓公避席) 재배(再拜)'라 있고 고유(高誘)는 주했다. '피석은 하석(下席)이다.

하석은 앉았던 자리에서 떠남이다.'

參不敏(삼불민) 삼(參)은 증자의 이름. 불민(不敏)은 총명하지 못하다, 또는 영민(英敏)하지 못하다.

何足以知之(하족이지지) '어찌 알 수가 있겠습니까?' 증자가 자신이 어리석어 알지 못하겠다고 한 말이다.

1-2

공자가 말했다.

"무릇 효는 덕행의 근본이고, 교화의 근원이다. 다시 앉아라. 내 너에게 일러주마.

신체발부, 즉 몸은 부모로부터 물려받았다. 따라서 감히 훼손하지 않아야 한다. 그것이 효도의 첫 단계이다.

그리고 나서 사회에 나아가 바른 도리를 따라 행동하여, 공을 세워서 이름을 후세에까지 높이고, 아울러 부모를 빛나게 하는 것이 효도의 마지막 단계다.

무릇 효도는 처음에는 부모를 잘 봉양하고, 나아가서는 임금을 잘 섬기고, 마지막에는 입신출세하여 부모를 영예롭게 빛내는 것이다.

《시경》 대아편에 있다. '어찌 그대의 조부 문왕(文王)을 생각하지 않을 수 있겠는가? 오로지 한결같은 마음으로 문왕의 높은 덕을 발양해야 한다.'"

子曰 夫孝 德之本也 教之所由生也 復坐 吾語汝.

자왈 부효 덕지본야 교지소유생야 부좌 오어여

身體髮膚 受之父母 不敢毁傷 孝之始也.
신체발부 수지부모 불감훼상 효지시야

立身行道 揚名於後世 以顯父母 孝之終也.
입신행도 양명어후세 이현부모 효지종야

夫孝 始於事親 中於事君 終於立身.
부효 시어사친 중어사군 종어립신

大雅云 無念爾祖 聿修厥德.
대아운 무념이조 율수궐덕

주

夫(부) 무릇, 본래. 발어사(發語詞).

孝 德之本(효 덕지본) 효가 모든 덕행의 근본이다. 앞에서 말한 선왕(先王)의 지덕요도(至德要道)도 효에서 나온다. 《대대례(大戴禮)》 증자대효편(曾子大孝篇)에 있다. '무릇 효는 천하의 큰 줄기다.(夫孝者, 天下之大經也.)'. 《후한서(後漢書)》 강혁전(江革傳)에 있다. '효는 백행의 으뜸이며, 모든 선행의 시발이다.(夫孝, 百行之冠, 衆善之始也,)' 《논어(論語)》 학이편(學而篇)에는 '효제는 인을 이룩하는 바탕이다.(孝悌也者, 爲仁之本.)'라고 했다. 특히 《주역(周易)》 계사전(繫辭傳)에는 '천지의 대덕은 생이다.(天地之大德曰生)'라고 했으니 효가 덕의 근본이라는 뜻은 결국 효가 인류의 생육화성(生育化成)의 근본이라는 뜻이 된다. 즉 효는 끝없는 삶의 창조와 발전의 바탕이다. 효의 깊고 큰 뜻을 바르게 이해해야 한다.

敎之所由生(교지소유생) 모든 교화나 교육이 발생하는 근원이라는 뜻. 교(敎)는 교화, 교육, 방효(倣效). 소(所)는 '~하는 바', 유생(由生)은 좇아서 나오다. 《예기(禮記)》 제의편(祭義篇)에 있다. '사람의 가장 기본적 가르침은 효다.(衆之本敎曰孝.)'. 형병 소(疏)에 있다. '왕도의 교화는 효에서 나온다.(王敎由孝而生.)'

復坐(부좌) 다시 앉아라. 효의 도리는 넓고 깊다. 서서 다 들을 수가 없으므로 공자는 증자에게 앉으라 하고 자세히 일러주었다.

身體髮膚(신체발부) 신(身)은 궁(躬)으로 몸, 체(體)는 사지(四肢), 발(髮)은 모발(毛髮), 부(膚)는 피부. 즉 몸 전체의 뜻.

受之父母(수지부모) 몸은 부모로부터 받았다.

不敢毁傷(불감훼상) 감히 다치거나 상하게 하지 않는다. 훼(毁)는 휴괴(虧壞), 상(傷)은 손상. 정주(鄭注)에는 '부모가 온전하게 나를 낳아주셨으므로 나도 온전하게 돌려 드려야 한다.(父母全而生之, 己當全而歸之.)'라고 했다. 이 말은 《예기》 제의편(祭義篇)에서 악정자춘(樂正子春)이 한 말이다. 그는 어쩌다가 발을 다쳤고, 이를 매우 근심하고 제자에게 말했다. "하늘이 낳고 땅이 키워주는 것 중에 사람이 가장 위대한 존재이다. 나의 몸은 부모가 온전하게 낳아주셨으니, 온전하게 내가 되돌려야 효라 할 수 있다. 사지를 잃지 않고, 몸을 욕되게 하지 않아야 온전하다고 할 수가 있다.(天之所生, 地之所養, 無人爲大. 父母全而生之, 子全而歸之, 可謂孝矣. 不虧其體, 不辱其身, 可

謂全矣.)' 또 제의편에 있다. '몸은 부모가 나에게 물려준 것이다. 부모가 물려준 몸으로 내가 살고 있으니 감히 불경하게 할 수가 있겠는가!(身也者, 父母之遺體也. 行父母之遺體, 敢不敬乎.)' 이러한 까닭으로 증자는 자기 몸을 잘 간직했다. 《논어》 태백편(泰伯篇)에 있다. '증자가 병을 앓자 제자를 불러 말했다. 나의 손과 발을 보아라. 《시경》에 전전긍긍, 깊은 못에 임하듯 얇은 얼음을 밟듯이 조심하라고 한 대로 나는 몸을 잘 간직했다. 이제 내가 죽으면 책임을 면할 수가 있다.(曾子有疾, 召門弟子曰. 啓予足, 啓予手. 詩云, 戰戰兢兢, 如臨深淵, 如履薄冰. 而今而後, 吾知免夫.)' 몸을 아끼는 것은 죽기가 싫다, 또는 나를 아낀다는 이기주의(利己主義)에서 나온 것이 아니다. 인류의 계승과 발전을 위하고, 또한 하늘이나 선조로부터 받은 것을 온전하게 되돌려 준다는 보본반시(報本反始)의 깊은 뜻에서 나온 것이다. 그러므로 한편 대절(大節)이나 대의(大義) 또는 인(仁)을 위해서는 목숨을 바치라고도 했다. 즉 공자는 살신성인(殺身成仁)이라 했고, 맹자는 사생취의(捨生取義)라고 했다. 그러므로 충신(忠臣)은 효자로부터 나오게 마련이다. 충과 효는 일관된 도덕 위에 있다. 효도와 충성의 깊은 뜻을 이해하지 못하는 일부 현대인 중에는 '나는 나다. 부모나 남이 나와 무슨 관계가 있는가?'라며 자기 몸을 함부로 무가치하게 쓰지만 이런 태도는 인류 전체에 대한 책임과 사명을 망각한 잘못된 행동이다. 《맹자》 이루편(離婁篇)에 있다. '자기 몸을 망치고, 자기 어버이를 잘 섬긴 예를 나는 지금까지 들은 적이 없

다.(失其身, 而能事其親者, 吾未之聞也.)'

孝之始也(효지시야) 효도의 첫 단계, 시작이다. 효도는 어려운 것이 아니다. 우선 자기 몸을 온전하게 간직하는 것이다.

立身行道(입신행도) 입신(立身)은 사회에 나아가 일하고 공을 세운다는 뜻이다. 즉 학덕(學德)을 쌓고 한 인격자로서 사회에 나서는 것이다. 행도(行道)는 대도(大道), 정도(正道)를 따라 행동하다, 대인지도(大人之道)를 가다, 국가나 민족, 세계와 인류를 위한 공명정대한 길을 가다. 이와 반대되는 것이 이기적으로 오직 돈이나 벌려는 소인지도(小人之道)를 가는 것이다.

揚名於後世(양명어후세) 의연한 자세로 사회에 나가 대도(大道)를 행하면 자연히 후세에 이름이 선양된다. 명(名)은 이름, 명성. 《장자》 소요유편(逍遙遊篇)에 있다. '이름은 실질에 붙는 것이다.(名者, 實之賓也.)'

以顯父母(이현부모) 부모의 공덕을 나타내다. 또는 부모나 선조까지도 영광되게 하다

孝之終也(효지종야) 효의 마지막 단계, 최종적인 높은 효. 종(終)은 지선지고(至善至高)한 경지에 도달했다는 뜻도 있다.

始於事親(시어사친) 효도는 가정에서 부모 섬기는 데서 시작한다. 사(事)는 섬기다, 공양(供養)하다, 봉양(奉養)하다.

中於事君(중어사군) 성장하여 사회, 또는 나라에 나가서는 임금을 충성으로 섬긴다.

終於立身(종어립신) 가정에서 부모를 잘 섬겨 효도를 다하

고, 나라에서는 임금에게 충성을 다하여 효충(孝忠)을 다하면 자연히 사회에 이름이 나게 될 것이며, 그렇게 되는 것이 효의 마지막 높은 단계이다.

大雅(대아) 《시경(詩經)》 대아(大雅) 문왕편(文王篇)의 시.

無念爾祖(무념이조) 그대의 조부를 생각하라. 또는 잊지 말라. 이(爾)는 너, 조(祖)는 문왕(文王). 무념(無念)은 무망(無忘)으로 잊지 말라, 또는 기불념(豈不念)으로 보고 '어찌 생각하지 않으랴'로 풀 수도 있다.

聿修厥德(율수궐덕) 율(聿)은 술(述)로, 서술하다, 좇아서 이룩하다. 수(修)는 닦는다, 궐(厥)은 기(其), 덕(德)은 문왕의 높은 덕. 즉 문왕의 높은 덕을 좇아서 닦고, 더욱 계승 발전시키다.

해 설

제1장에는 효의 기본 원리와 기본 강령이 밝혀져 있다.

우선 공자는, 효는 선왕이 천하 만민의 민심을 귀순시키고, 한편으로는 백성이 서로 화목하고, 아울러 상하가 서로 원한 없이 총화 협동할 수 있었던 지덕요도(至德要道)임을 밝혔다. 옛 성제(聖帝) 명왕(明王)은 천하를 다스렸다[治天下]고 하기보다는 민심을 순종케[順天下] 했으며, 그 바탕이 효였다.

오늘날 말로 하면 세계 인류가 한마음으로 뭉치고, 하나의 평화로운 세계를 구현하기 위한 원리를 효라고 함과 같다. 효는 이렇듯이 깊고 위대한 원리이자 덕목이다. 이것을 모르고 효를 낡고 무의미하다고 배척해서는 안 된다. 효의 참뜻을 터득하고, 위기에 직면한 인류사회 구제의 원리로 활용하는 슬기를 가져야겠다.

다음으로 공자는 증자를 자리에 앉히고 차분히 효에 대하여 말했다. '효는 모든 덕행의 근본이며, 모든 교화의 근원이다.(夫孝, 德之本也, 敎之所由生也.)' 이렇듯 효는 모든 덕화(德化)의 바탕이자 시원(始原)이다. 덕치왕도(德治王道)는 효로써 이루어질 수가 있다.

효는 절대로 멀리 있거나 신비롭거나 어려운 것이 아니다. 누구나 친근하게 실천할 수 있는 것이다. 《논어》 술이편(述而篇)에서 '인은 멀까 보냐! 내가 인을 원하면 바로 인이 이루어진다.(仁遠乎哉, 我欲仁, 斯仁至矣.)'라고 하였고, 또 안연편(顔淵篇)에서는 '인을 이루는 것은 나에게 있지, 남에게 있는 것이 아니다.(爲仁由己, 而由人乎哉.)'라고 한 태도와 같다.

효를 실천하는 첫발은 내 몸을 아끼고 소중히 여기는 것이다. 왜 내 몸을 소중히 하고 아껴야 하나? 나는 절대로 우연히 나타났다가 사라져 없어질 무가치한 개별체로 끝날 존재가 아니다. 나는 먼 옛날로부터 이어져 내려왔고, 또 장차 끝없이 이어져 내려가면서 더욱 발전해야 할 가족·민족·인류의 계승자로서 더없이 중대한 자리를 차지하고 있다. 이러한 역사적 계승과 발전을 자각할 때 나는 나로 끝나는 존재가 아니다.

한편 나는 부모로부터 태어났다. 부모가 나를 온전하게 낳았으니, 나도 온전하게 되돌려 주어야 한다. 즉 온전하게 살다가 훌륭한 자손을 후세에 남기고 흙으로 돌아가야 한다. 이러한 생각은 우생학적 견지에서도 잘 납득갈 것이다. 여기서 우리는 효도의 첫 단계가 부모로부터 받은 몸을 온전하게 보전하는 것임을 알았을 것이다.

다음으로 효도는 사회나 국가 발전을 위해 헌신하고, 혁혁한 공을 세워 자신의 이름은 물론 부모나 집안까지도 빛나게 하는 것이 최종적 높은 경지라 할 수 있다. 즉 '입신행도(立身行道) 양명어후세(揚名於後世) 이현부모(以顯父母) 효지종야(孝之終也)'이다.

우리는 옛날의 효가 나와 사회를 일관한 가치와 덕행임을 잘 알아야겠다. 나만을 아끼고 내 집안만이 잘 되는 것으로 끝나서는 안 된다. 효는 학문과 덕행을 쌓은 인격적 개인이 공명정대한 태도를 사회나 국가를 위해 공을 세움으로써 역사에 길이 빛내야 한다.

이러한 효도를 다시 한 개인의 성장 과정으로 설명하면, 어려서는 가정에서 부모를 잘 섬기고, 자라서는 나라에 충성하고, 이렇게 하여 한평생을 효와 충(忠)을 지키고, 공을 세우면 늙어 사회에 높이 나타날 것이니, 그때

그는 효의 최종적 높은 경지에 이르렀다고 할 수 있다.

《논어》 술이편에서 공자는 말했다. '효제는 인을 이룩하는 근본이다.(孝悌也者, 爲仁之本與.)' 인(仁)은 사랑에 의한 협동이다. 인류가 하나의 사랑 세계를 구현하려면 우선 효도를 지켜야 한다.

집주(集注)에는 다음과 같이 효와 인과 덕의 관계를 풀이하였다. '인의예지(仁義禮智)는 모두 같은 덕이지만, 인이 본심의 전덕(本心之全德)이며, 또 인은 사랑을 주로 하고, 사랑은 육친애보다 더 큰 것이 없다. 따라서 효를 덕지지(德之至)라고 한다.'

제 2 천자장天子章

제1장에서는 효의 기본을 밝혔으며, 제2장에서 제6장까지는 각 신분에 맞는 효를 설명했다. 즉 천자(天子) · 제후(諸侯) · 경대부(卿大夫) · 사(士) · 서인(庶人)의 오효(五孝)다. 《예기(禮記)》 표기편(表記篇)에 '오직 천자만이 하늘로부터 명을 받았으므로, 천자라고 한다.(惟天子受命於天, 故曰天子.)'라고 있고, 또 《백호통(白虎通)》에는 '왕은 하늘을 아버지로 삼고 땅을 어머니로 삼고 있으니, 역시 천자라고 한다. 우(虞) · 하(夏) 이전에는 왕이라 하지 않았고, 은(殷) · 주(周) 이래로 비로소 왕을 천자라고 일컬었다.(王者父天母地, 亦曰天子. 虞夏以上, 未有此名, 殷周以來, 始謂王者爲天子也.)'라고 있다. 즉 여기서는 천자와 왕이 지켜야 할 효를 풀이하였다.

2

공자가 말했다.

"부모를 친애하는 천자는 감히 백성의 부모도 미워하지 않을 것이며, 부모를 존경하는 천자는 백성의 부모도 멸시하지 않을 것이다.

사랑과 존경을 극진히 해서 부모를 섬기고, 또한 효도의 덕교(德敎)를 백성에게 베풀고, 더 나아가 사방의 오랑캐에게까지 본받게 하는 것이 바로 천자가 지켜야 할 효다.

《상서(尙書)》 보형편(甫刑篇)에 있다. '한 사람의 좋은 행위를 뭇 백성이 우러러 따른다.'"

子曰 愛親者 不敢惡於人 敬親者 不敢慢於人.
자왈 애친자 불감오어인 경친자 불감만어인

愛敬盡於事親 而德敎加於百姓 刑於四海 蓋
애경진어사친 이덕교가어백성 형어사해 개

天子之孝也.
천자지효야

甫刑云 一人有慶 兆民賴之.
보형운 일인유경 조민뢰지

주

愛親者(애친자) 부모를 사랑하는 사람. 여기서는 천자나 임금의 뜻. 집주(集註)에는 '사랑은 인의 근본이다.(愛者, 仁之端.)'라고 했다. 친(親)은 부모 또는 육친(肉親), 더 나아가서는 근친으로 풀이할 수도 있다.

不敢惡於人(불감오어인) 감히 남을 미워하지 않는다, 또는 남의 부모를 못되게 하지 않는다. 오(惡)는 앞에 있는 애(愛)의 반대로 '미워하다'. 그러나 악(惡)으로 '나쁘게 만들다'로 풀이할 수도 있다. 인(人)은 남, 또는 남의 부모. 정주(鄭注)에는 불감오어인(不敢惡於人)을 '박애(博愛)'라고 했다. 이에 대하여 형병(邢昺)은 다음과 같이 풀었다. '임금이 자기 부모를 사랑하고, 또한 백성에게 덕교(德敎)를 베풀고, 백성에게 자기 부모를 사랑하게 하면 감히 그들의 부모를 미워하는 일이 없을 것이며, 이것이 바로 박애의 뜻이다.(君愛親, 又施德敎於人, 使人皆愛其親, 不敢有惡其父母者, 是博愛也.)'

敬親者(경친자) 자기 부모를 존경하는 자. 집주(集註)에 '존경은 예의 근본이다.(敬者, 德之端.)'라고 있다.

不敢慢於人(불감만어인) 감히 남이나 남의 부모를 경시하거나, 또는 교만한 태도를 취하지 않는다. 만(慢)은 소홀히 하다, 또는 경시, 모욕, 교만의 뜻으로 경(敬)의 반대. 정주(鄭注)는 '넓게 존경하다.[廣敬]'로 주했고, 이에 대하여 형병(邢昺)은 다음과 같이 풀었다. '임금이 자기 부모를 존경하고 또한 덕교를 백성에게 베풀어, 백성에게 그들의 부모를 존경하게 하면, 감히 그들의 부모를 소홀히 하지 않을 것이니, 이를 공경을 넓힌다고 한다.(君敬親, 又施德敎於人, 使人皆敬其親, 不敢有慢其父母者, 是廣敬也.)'

愛敬盡於事親(애경진어사친) 사랑과 존경을 극진히 하여 부모를 섬기다. 형병은 소(疏)에서 말했다. '사랑은 참된 본성에서 나오고, 공경은 자신을 엄숙하게 단속함으로써 일어나고, 효는 참된 본성에서 나오는 도리이다. 그러므로 사랑이 앞이고, 존경이 나중이다.(愛生於眞, 敬起自嚴, 孝是眞性, 故先愛後敬也.)'

而(이) 그런 다음에. 연후(然後)와 같다.

德敎(덕교) 덕행와 교화. 집주에서는 '덕교는 지극한 가르침(德敎謂至德之敎)'이라고 했다. 지덕(至德)은 경문의 지덕요도(至德要道)로 곧 더없이 중대하고 긴요한 효도 · 효행이다. 즉 임금이 백성들에게 효도의 가르침을 넓히고 효행을 실천케 한다는 뜻이다.

加於百姓(가어백성) 백성에게 베풀다. 가(加)는 시(施).

刑於四海(형어사해) 사해에 본보기가 되게 하다. 형(刑)은 형(型)으로 모범을 보이다, 법도를 세우다. 《이아(爾雅)》 석고(釋詁)에는 '형은 법이다.(刑, 法也.)'라고 했다. 사해(四海)는 사방, 사방의 백성, 더 나아가 사방의 이민족이나 오랑캐까지 포함한 모든 사람. 《이아》에는 '구이 팔적 칠융 육만을 합쳐 사해라 한다.(九夷, 八狄, 七戎, 六蠻, 謂之四海.)'라고 했다.

蓋天子之孝也(개천자지효야) 개(蓋)는 시(是)와 같은 뜻으로 풀이한다. 《공양전(公羊傳)》 정의(正義)에 '개는 이것과 같다.(蓋, 猶是也.)'라고 했다. 이처럼 하는 것이 천자가 지켜야 할 효다.

甫刑(보형) 《서경(書經)》 여형(呂刑)의 다른 이름. 여후(呂侯 : 여나라의 임금)가 주 목왕(穆王)의 명을 받고 만든 형법이다. 여후가 보(甫)라는 곳에 봉해졌으므로 보형이라고도 했다.

一人有慶(일인유경) 일인(一人)은 한 사람, 즉 천자를 말한다. 경(慶)은 좋은 일, 선덕(善德). 《광아(廣雅)》 석고(釋詁)에 '경은 선야(慶, 善也.)'라고 했다. 천자가 부모를 사랑하고 존경하여 효도를 지키는 것이 바로 '일인유경'이다.

兆民賴之(조민뢰지) 천하 만민이 모두 천자의 선덕을 우러러보고 따르다. 조(兆)는 백만 또는 10억, 또는 만억. 《공전(孔傳)》에 '10억을 조라 한다.(十億曰兆.)'라고 했고, 《경전석문(經典釋文)》에는 '백만왈조민(百萬曰兆民)'이라 했다. 조민(兆民)은 많은 백성, 모든 백성의 뜻. 《예기(禮記)》 내칙편(內則篇)의 '강덕어조중민(降德於兆衆民)'의 정주(鄭注)에 '천자의 경우는 모든 백성을 조민(兆民)이라 하고, 제후의 경우는 모든 백성을 만민이라 한다.(天子曰兆民, 諸侯曰萬民.)'라고 했다. 뇌(賴)는 의지하다, 우러러보고 따르다.

해 설

제2장에서는 천자가 지켜야 할 효에 관해서 말했다. 천

자는 하늘로부터 명을 받고 천하의 억조 만민을 다스릴 막중한 책임을 지고 있다. 그러므로 천자 한 사람이 잘하면 만민이 복을 받고, 천자가 잘못하면 만민이 화를 입는다.

천자는 백성을 사랑하고 만물을 활용해야 한다. 맹자는 '애민이물(愛民利物)'이라고 했는데, 그것이 바로 인(仁)이다. 그리고 인(仁)의 바탕은 효제(孝悌)다. 그러므로 공자는 천자도 무엇보다 부모에게 효도하고, 형제에게 우애할 것을 가르쳤다. 천자가 솔선하여 부모를 사랑하고 존경하면 백성들도 감화되어 모두 자기 부모를 사랑하고 존경하게 될 것이다. 정주(鄭注)나 정의(正義)는 대략 이같이 풀이했다. 한편 집주(集注)는 다음과 같이 풀이했다.

천자는 덕교(德教)의 근원이기도 하다, 천자가 자신의 부모를 사랑하고 존경하면 반드시 남에게도 사랑과 존경의 덕을 베풀고, 모든 백성을 미워하거나 소홀히 여기지 않을 것이며, 또 천자가 솔선하여 극진하게 사랑하고 존경하면 인(仁)과 예(禮)가 흥하게 된다.

여기서는 '사랑은 인의 근본(愛者, 仁之端)' '존경은 예의 근본(敬者, 禮之端)'이라고 했으나 맹자를 따라 사랑은 인(仁), 존경은 의(義)라고 보고, 사랑과 존경을 인의(仁義)의 바탕으로 풀어도 좋다.

따라서 공자가 여기서 '천자가 우선 자기 부모나 형제, 친척을 사랑하고 존경하라(愛敬盡於事親)'고 한 것은 바로 인의의 바탕으로 솔선해서 실천하라는 뜻이다. 천자는 오직 하나인 최고자(最高者)이다. 인간사회에서는 더 높은 사람이 없다. 그렇다고 효제(孝悌)를 지키지 않으면 안 된다.

효제를 지키고 나아가서는 남에게, 즉 모든 백성에게 박애(博愛)와 광경(廣敬)을 베풀어야 한다. 이것은 바로 덕교를 백성에게 베풀고, 나아가서는 사해의 미개 민족에게까지 훌륭한 본을 보이는 것이다. 이렇게 하는 것이 왕도덕치(王道德治)의 시발점이 되는 것이다.

천자의 효도의 바탕은 '사랑과 존경'에 있으며, 사랑은 인(仁)이고, 존경은 예(禮)와 의(義), 즉 이(理)와 의(宜)의 바탕이 되니, 결국 공자는 천자에게 인애(仁愛)와 천리(天理), 예의(禮義), 인의(仁義)의 덕치를 하기 위한 근원적 효도를 밝힌 것이라 할 수 있다.

세계 평화와 인류의 단결을 이상으로 여기는 현대의 정치가도 오직 스스로 효를 지키고, 사랑과 존경으로 부모를 섬긴 후에 정치가로 자처해야 할 것이다.

제 3 제후장諸侯章

3

〔공자의 말 계속〕 "제후는 위에서 다스리되 교만하지 않아야, 높은 자리를 지키고 위태롭게 되지 않을 것이며, 또 검약 절제하고 법도를 성실히 지켜야 재물이나 권세가 충만하고 밖으로 흘러나가지 않을 것이다. 높은 자리를 지키고 위태롭지 않으면 따라서 언제까지나 길게 고귀한 제후의 신분을 간직할 수 있을 것이며, 또 재물이나 권세가 충만하고 밖으로 흘러나가지 않아 언제까지나 길게 부유한 제후의 신분을 간직할 수 있을 것이다.

제후 자신이 언제까지나 부귀를 간직하고 놓치지 않아야 비로소 자기 나라를 잘 보전할 수 있고, 백성을 평화롭게 해줄 수도 있다. 이같이 하는 것이 제후가 지켜야 할 효다.
《시경》에 있다. '전전긍긍, 마치 깊은 못에 있듯, 마치 살얼음을 밟듯이 조심하고 두려워하라.'"

在上不驕 高而不危 制節謹度 滿而不溢.
재상불교 고이불위 제절근도 만이불일

高而不危 所以長守貴也 滿而不溢 所以長守
고이불위 소이장수귀야 만이불일 소이장수

富也.
부야

富貴不離其身 然後能保其社稷 而和其民人 蓋
부귀불리기신 연후능보기사직 이화기민인 개

諸侯之孝也.
제후지효야

詩云 戰戰兢兢 如臨深淵 如履薄氷.
시운 전전긍긍 여림심연 여리박빙

주

諸侯(제후) 옛날 봉건시대의 여러 나라 군주(君主)로 천자 다음가는 고귀한 위치에 있는 지방 국가의 실권자이자 실질적인 통치자. 이들 제후는 본래 공신(功臣)이나 종친(宗親) 또는 전조(前朝)의 후예(後裔)로, 천자로부터 봉토(封土)와 작위(爵位)를 받음으로써 되며, 대대로 세습했다.

작위는 공(公)·후(侯)·백(伯)·자(子)·남(男)의 5등(等)이다. 예를 들면 주(周) 무왕(武王)이 은(殷)나라 주왕(紂王)을 토벌하고 천하를 다스리게 되자, 종친으로 동생인 주공(周公) 단(旦)을 노(魯)나라에 봉했고, 나라에 공을 세운 강상(姜尙), 즉 태공망(太公望)을 제(齊)나라에 봉했고, 은나라 주왕의 서형 미자(微子)를 송(宋)나라에 봉했다.

在上不驕(재상불교) 《고문효경(古文孝經)》에는 '子曰 在上不驕'라고 되어있다. 교(驕)는 교만하다, 오만하다. 교(驕)는 본래 길들이지 않고 제멋대로 뛰는 세차고 큰 말의 뜻이다. 즉 제후로서 백성들 위에 있으면서 오만하지 않아야 한다는 뜻.

高而不危(고이불위) 지위가 높아도 불안하거나 위태롭지 않다. 불위(不危)는 불안전 또는 위태롭지 않다. 당 현종(唐玄宗)이 말했다. '제후 여러 나라의 임금은 백성들 위에 있는 귀한 몸이요, 높다고 할 수 있다.(諸侯列國之君, 貴在人上, 可謂高矣.)'

制節(제절) 씀씀이를 절제하고 검약하게 하다. 절제, 검약의 뜻. 정주(鄭注)에 '비용을 검약하는 것을 제절이라 한다.(費用約儉謂之制節.)'라고 했다.

謹度(근도) 근(謹)은 근신(謹愼)하다, 신중하고 성실하게 지키다. 도(度)는 법도(法度). 제절근도(制節謹度)를 함께 풀이할 수도 있다. 즉 절도 있게 하고 법도를 신중하게 지키다. 그러나 제절을 재물에 대한 절제와 검약으로 풀이하는 것이 뒤와 잘 연결이 된다. 정주(鄭注)에 '예법을 신중히 지키는 것이 근도다.(愼行禮法謂之謹度.)'라고 했다.

滿而不溢(만이불일) 재물이나 세도가 가득히 차더라도 넘쳐 밖으로 흐르지 않는다. 제후의 창고에 세부(稅賦)가 가득 차 있어도 제후가 사치하고 낭비하여 함부로 흘려버리지 않는다는 뜻. 세도가 많아도 마구 남용하지 않는다. 일(溢)은 넘쳐흐르다, 지나치게 많다. 소(疏)에 '일은 사치다.(溢謂奢侈)'라고 했다.

所以長守貴(소이장수귀) 소이(所以)는 원인, 또는 '~할 수 있는 바탕'의 뜻. 장수귀(長守貴)는 장구하게 제후의 존귀한 지위를 간직하고 지키다.

長守富(장수부) 길게 재부(財富)를 지키다.

能保其社稷(능보기사직) 능히 자기 나라를 보전(保全)할 수 있다. 보(保)는 보전(保全), 보우(保佑)하다. 사직(社稷)은 나라. 사(社)는 토지신(土地神), 직(稷)은 곡신(穀神). 옛날의 제후나 임금은 나라를 세우면 반드시 토지신과 곡신을 모시고 제사를 지냈으며, 그 제주(祭主)가 되었다. 한 나라가 망하고 다른 나라가 서면 토지신과 곡신도 바뀌었다. 사직을 모시는 것은 바로 국토와 양식(糧食)의 안정과 충족을 기원하는 것이었으며, 나라의 바탕이었다.

和其民人(화기민인) 화(和)는 화락하다, 민인(民人)은 인민으로 풀기도 하고, 또 민(民)은 백성, 인(人)은 임금이나 위정자로 풀 수도 있다. 형병의 소(疏)에는 황간(皇侃)의 풀이가 있다. '민은 모든 무지한 사람을 넓게 포괄하고, 인은 약간 인의를 아는 사람으로, 즉 부리의 무리다.(民是廣及無知, 人是稍識仁義, 卽府吏之徒.)'

詩云(시운) 《시경》 소아(小雅) 소민편(小旻篇)의 구절.

戰戰兢兢(전전긍긍) 전전(戰戰)은 부들부들 떨며 겁을 내다, 긍긍(兢兢)은 몹시 신중하고 소심하고 근신(謹愼)하다.

如臨深淵(여림심연) 마치 깊은 못에 임하듯. 임(臨)은 높은 곳에서 아래로 내려가다. 즉 깊은 물 속으로 차츰 걸어 내려가듯, 혹은 임을 그냥 가까이 가다로 풀어도 좋다. 또는 깊은 못에 떨어질까 겁을 내는 뜻으로 풀 수도 있다.

如履薄氷(여리박빙) 이(履)는 밟다, 박빙(薄氷)은 얇은 얼음.

해 설

제3장에서는 제후가 지켜야 할 효도를 말했다. 즉 제후는 법도를 신중히 지키고 절검하고, 백성들 위에 있으면서 오만하지 않고, 또 부를 누리면서 사치 낭비하지 않아야 한다. 그래야 언제까지나 부귀를 잃지 않고, 따라서 사직을 지키고 백성과 화락할 수가 있다.

교(驕)는 무례(無禮)와 통한다. 형병은 소(疏)에서 '무례는 교다.(無禮爲驕)', '사치와 안일은 재물을 밖으로 흘러 넘치게 한다.(奢泰爲溢)'라고 했다. 임금이 백성들 위에 있으면서 무례하게 교만하고, 백성들의 재물을 거두어 자신만 사치와 안락을 누리면 민심을 잃고 따라서 사직도 보전하지 못할 것이며, 선조 대대로 물려받은 부귀를 잃게 될 것이다.

제후의 효를 말하면서 왜 공자는 오직 제후가 몸가짐은 전전긍긍하여 공구계신(恐懼戒愼)하여 사직을 보전하고 백성과 화락함으로써 부귀를 언제까지나 누리고 지킬 것을 말했을까?

그 이유는 다름이 아니다. 뒤에서도 자세히 말하겠지만 효의 대의(大義)에는 계지술사(繼志述事)가 큰 비중을 차지하고 있다. 즉 부모의 뜻과 이상을 계승하고, 부모의 유업과 사업을 더욱 발전시키는 것을 계지술사라 한다. 따라서 선조나 어버이의 공으로 제후의 자리를 물려받은 제후가 계지술사하는 길은 바로 물려받은 나라와 백성을 잘살게 하는 것이며, 나라와 백성을 잘살게 하기 위해서는 우선 제후 자신이 겸양(謙讓)의 예를 지키고 '절용이애민(節用而愛民)'해야 한다.

집주(集注)에는 다음과 같이 풀이했다. '처음에 국토와 작위를 받은 임금은 천자로부터 명을 받고 백성과 사직을 지니게 되었으며, 이를 자손에게 전해 준 것이다. 이는 바로 그 나라 임금이 거듭 공훈을 쌓아서 작위를 받은 것이니 어찌 쉽게 얻은 것이라 하겠는가? 그런즉 제후들의 선조 되는 임금은 비록 몸은 죽어 묻혔으나, 그 마음은 여전히 현명한 자손들이 세세대대로 나라를 지키고 잃지 않기를 바라고 있다.(蓋自始封之君, 受命於天子, 以有民人, 有社稷, 以傳之子孫. 所謂國君積行累功, 以致爵位, 豈易而得之哉. 則爲諸侯之先公者, 其身雖沒, 其心猶願有賢子孫, 世世守之, 而不失也..)'

'그의 자손인 지금의 제후가 과연 법도와 도리를 잘 지키면 오래 부귀를 간직하고 선조가 세운 나라를 보전하고 백성을 화락하게 할 수가 있을 것이다. 제후로서 효도를 실천하는 데 있어 이보다 더 큰 것이 없다. 만약에 선조가 쌓은 공로와 고생을 생각하지 않고 오늘의 제후가 방자하고 교만하고 사치하여 나라를 위태롭게 하고, 재물을 흐트러뜨려, 선조에게 물려받은 부귀를 잃고 사직과 백성을 보우하지 못하면, 그보다 더 심한 불효가 없을 것이니, 제후들은 마땅히 조심하고 경계해야 한다. (爲其子孫者, 果若循理奉法, 足以長守其富貴, 則能保先公之社稷, 和先公之民人矣. 諸侯之所以爲孝者, 莫大於此. 如不念先公積累之艱勤, 恣爲驕奢, 至於危溢, 以失其富貴, 而不能保其社稷民人, 則不孝莫甚焉, 此諸侯所當戒也..)'

공자는 말했다. '총명과 성스러운 지혜를 어리석음으로써 지키고, 천하를 덮는 공적을 겸양으로써 지키고, 상대할 자 없는 용기와 힘을 겁으로써 지키고, 사해에 넘치는 부를 겸손으로써 지킨다.(聰明聖智, 守之以愚, 功被天下, 守之以讓, 勇力無匹, 守之以怯, 富有四海, 守之以謙.)'

노자(老子)도 말했다. '도를 보전하는 자는 차는 것을 원하지 않는다.(保其道者, 不欲盈.)' 또 노자는 허정(虛靜)과 검약과 겸하(謙下)가 영원한 실재인 도(道)와 일치하는 길이라고 했다.

《주역(周易)》 겸상(謙象)에 있다. '천도는 아래로 내려와서 만물을 구제하면서 빛을 내고, 지도는 얕은 곳에 있으나 그 기운은 위로 올라간다.(天道下濟而光明, 地道卑而上行.)'

이 모두가 나라를 오래 보전(保全)하는 길이며, 제후의 효도 바로 선조가 물려준 사직과 백성을 길이 잘 간직하는 일이다.

끝으로 《중용(中庸)》의 말을 인용한다. '군자가 독실하고 공경하면, 천하가 태평하다.(君子篤恭, 而天下平.)' 이때의 군자는 천자도 되고, 제후나 군주도 되고, 더 나아가서는 모든 지식인도 된다. 맹자는 말했다. '대인은 자신을 바르게 함으로써, 만물을 바르게 한다.(大人者, 正己而物正者也.)'

효의 뜻은 이렇듯 넓다.

제 4 경대부장卿大夫章

4

〔공자의 말〕 "선왕이 보여준 바른 처사가 아니면 감히 따르지 않을 것이며, 선왕이 정한 법도에 맞는 말이 아니면 감히 말하지 않을 것이며, 선왕이 내린 도덕에 맞는 행동이 아니면 감히 행하지 않을 것이다.
그러므로 법도에 맞지 않으면 말하지 않고, 도덕에 맞지 않으면 행하지 않으며, 따라서 내가 하는 말에 있어 남으로부터 규탄받을 말이 없을 것이며, 또 내가 행하는 일에 있어 남으로부터 배척받을 일이 없을 것이니, 비록 내가 하는 말이 천하에 넘치더라도 허물이 없고, 또 내가 하는 행동이 천하에 넘치더라도 원망이나 미움을 받지 않을 것이다.
이상의 세 가지를 모두 갖춘 뒤에야 비로소 자기의

종묘를 잘 지키고 언제까지나 봉사(奉祀)할 수 있으니, 이것이 경과 대부가 지킬 효다.
《시경》에 이르기를, '새벽부터 밤까지 게을리하지 않고, 오직 천자 한 분을 받들어 섬긴다.'라고 했다."

非先王之法服 不敢服 非先王之法言 不敢道 非
비선왕지법복 불감복 비선왕지법언 불감도 비

先王之德行 不敢行.
선왕지덕행 불감행

是故 非法不言 非道不行 口無擇言 身無擇行.
시고 비법불언 비도불행 구무택언 신무택행

言滿天下 無口過 行滿天下 無怨惡.
언만천하 무구과 행만천하 무원오

三者備矣 然後能守其宗廟 蓋卿大夫之孝也.
삼자비의 연후능수기종묘 개경대부지효야

詩云 夙夜匪懈 以事一人.
시운 숙야비해 이사일인

주

卿大夫(경대부) 경(卿)이나 대부(大夫)는 제후 다음가는 신분으로 높으며, 직접 천자 밑에서 나라를 다스리는 관직을 맡기도 한다. 관직으로서의 경대부에는 제후도 자리할 수 있었다. 이때는 경에는 공(公)·후(侯)가 올랐고, 대부에는 백(伯)·자(子)·남(男)이 올랐다. 하(夏)·은(殷)·주(周) 3대(代) 때는 중앙에 구경(九卿)이 있었으며, 주(周)의 구경을 예로 들면 다음과 같다. 소사(少師)·소보(少保)·소부(少傅)·총재(冢宰)·사도(司徒)·종백(宗伯)·사마(司馬)·사구(司寇)·사공(司空)이다. 또 3대 때는 경·대부·사(士)의 관직을 각 상중하 3등급으로 지었으며, 나중에는 이러한 관직은 각 제후의 나라에도 설치하게 되었다. 여기서 말하는 경대부는 직접 천자를 섬기는 사람을 말한다.

非(비) 아니면.

先王(선왕) 옛날의 명왕(明王)이나 성제(聖帝)들. 제1장에 나왔다.

法服(법복) 법(法)은 법도(法度), 예법(禮法), 또는 바르다[正]의 뜻. 복(服)은 재래의 설은 거의가 옷·복장(服裝)·복식(服飾)으로 풀이했다. 즉 정주(鄭注)에는 '복은 몸의 표식이다. 선왕이 오복을 정하고 저마다 등차가 있게 했다. 즉 경·대부는 예법에 따라 아래 위에 거슬리지 않게 옷차림을 가져야 한다.(服者, 身之表也. 先王制五服, 各有等差. 言卿大夫遵守禮法, 不敢僭上偪下.)' 그러나 사차운(史次耘)은 복(服)을 '사(事)'로 풀이했다. 《이아(爾雅)》 석고(釋詁)에 '복 사야(服, 事也)'라고 있다. 따라서 '선왕지법복'은 '선왕이 보여준 바른 처사[正事]'의 뜻이다. 《맹자》에 나오는 '법요지복(服堯之服)'도 '요임금의 처사, 즉 덕치를 따르다'로 풀어야 한다. 여기서도 복(服)은 사(事), 덕치나 바른 처사, 사적(事績)으로 풀었다. 물론 복(服)을 복장이나 복식으로 해석해도 좋다. 그러나 덕치나 사적으로 풀이하는 것이 더욱 정치적 의식이나 역사적 의식이 강하게 나타나고, 따라서 효의 도리에 맞는다.

不敢服(불감복) 감히 따르고 행하지 않는다. 재래의 풀이로는 '옷을 입지 않는다', '옷차림을 하지 않는다'로 풀이한다.

法言(법언) 바른말, 법도나 예법에 맞는 말. 언(言)은 말이나 글, 언론의 뜻.

不敢道(불감도) 감히 말하지 않는다. 도(道)는 말하다.

德行(덕행) 도덕에 맞는 행동. 당 현종(唐玄宗)은 '덕행은 도덕에 맞는 행위다.(德行, 謂道德之行.)'라고 주(注)했다. 선왕이 세운 도덕은 고금중외(古今中外)를 막론하고 통한다.

非法不言(비법불언) 법도에 맞지 않는 말을 하지 않는다. 법(法)은 법도, 예(禮), 또는 바르다[正]의 뜻.

非道不行(비도불행) 도덕에 어긋나면 행하지 않는다. 도는 바로 《맹자》 이루편(離婁篇)에서 말한 '요순지도는 바로 어진 정치가 아니면 평천하할 수 없다.(堯舜之道, 不以仁政, 不能平治天下.)'는 도리다. 《논어》 안연편(顔淵篇)에서 말했다. '예가 아니면 보지도 말고, 예가 아니면 듣지도 말고, 예가 아니면 말하지도 말고, 예가 아니면 행하지도 말라.(非禮勿視, 非禮勿聽, 非禮勿言, 非禮勿動.)'

口無擇言(구무택언) 정주(鄭注)에는 '언행이 모두 법도에 맞으니 선택하지 않아도 된다.(言行皆尊法道, 所以無可擇也.)'라고 했다. 당 현종 주(注)나 집주도 같다. 그러나 최근의 학설은 택(擇)을 '선택하다, 가리다'로 풀지 않고 다음과 같이 푼다. 이단랑(李丹郞)의 《신효경(新孝經)》에서는 택(擇)을 적(謫, 꾸짖을 적)으로 풀었다. 즉 '견책하다'의 뜻. 따라서 전체의 뜻은 '남에게 견책을 받을 잘못된 말을 하지 않는다'로 풀었다. 한편 사차운(史次耘)의 《효경술의(孝經述義)》에는 택(擇)을 역(斁)으로 보고 '싫어하다'의 뜻으로 풀었다. 즉 '남들이 싫어하거나 미워할 말을 하지 않는다'. 다음에 있는 신무택행(身無擇行)의 택(擇)도 같다.

言滿天下 無口過(언만천하 무구과) 천하에 가득 차게 말해도 설화(舌禍)나 필화(筆禍)가 없다. 말을 예(禮)와 법도에 맞게 하므로 그러하다.

行滿天下 無怨惡(행만천하 무원오) 행동이 온 천하에 넘쳐도 아무도 원망하거나 미워하지 않는다. 형병은 소(疏)에서 말했다. '입으로 인한 허물은 예에 어긋나는 말을 하기 때문이고, 행실이 남에게 미움을 받는 까닭은 도덕에 어긋나기 때문이다. 만약 말에 있어 법도를 지키고, 행실에 있어 도덕을 따르면 허물이나 원망이 일어나지 않을 것이다.(正義曰, 口有過惡者, 以言之非禮法, 行有怨惡者, 以所行非道德也. 若言必守法, 行必遵道, 則口無過, 怨惡無從而生.)'

三者(삼자) 법복(法服)·법언(法言)·덕행(德行). 사마광(司馬光)은 '셋은 몸에서 나오고, 남과 접하고, 나아가서는 천하에 뻗는 것(三者, 謂出於身, 接於人, 及於天下)'이라고 했다. 《역경(易經)》에는 '언행은 바로 군자가 천지를 움직이게 하는 바탕이다.(言行, 君子之所以動天地也.)'라 있고, 또 《예기(禮記)》 중용편(中庸篇)에 있다. '군자의 활동은 세상에서 천하의 도로 치고, 군자의 행실을 세상에서 천하의 본으로 삼고, 군자의 말을 세상에서 천하의 기준으로 삼으며, 멀리서도 우러러보고, 가까이서도 싫어하지 않는다.(君子動而世爲天下道, 行而世爲天下法, 言而世爲天下則, 遠之則有望, 近之則不厭.)' '군자가 나타나면 백성들이 모두 존경하고, 행하면 모두 기뻐하고, 말하면 모두 믿는다.(見而民莫不敬, 行而民莫不說, 言而民莫不信.)'

備(비) 완전하게 갖추다, 잘하다.

能守其宗廟(능수기종묘) 종묘를 지킬 수 있다. 즉 경이나 대부가 위로는 임금에게, 아래로는 백성에게 잘못이 없어야 오래 자리를 지킬 수 있고, 따라서 종묘의 봉사(奉祀)도 잘 모실 수가 있다. 고문(古文)에는 앞에 '녹과 자리를 지킬 수 있고(能保其祿位, 而)'의 여섯 자가 더 있다. 수(守)는 '지키다, 봉사를 올리다'.

宗廟(종묘) 돌아가신 선조의 신령을 모신 곳. 주(周)나라 제도에 따르면 천자는 7묘(廟), 제후는 5묘, 대부는 3묘, 사(士)는 1묘를 모시게 되어있다. 그리고 서인(庶人)은 하나의 사당을 마련하여 제사를 올리게 되어있으며, 이를 종사(宗祠)라 한다.

詩云(시운) 《시경》 대아(大雅) 증민편(蒸民篇)의 시.

夙夜匪懈 以事一人(숙야비해 이사일인) 새벽부터 밤까지 게으르지 않고 오직 임금을 섬긴다. 숙(夙)은 아침 일찍, 비(匪)는 비(非), 해(懈)는 태만(怠慢), 1인(一人)은 군상(君上). 이 시는 중산보(仲山甫)가 근신(謹愼)하여 후세의 경

·대부의 모범이 될 만함을 읊은 것이다. 경이나 대부는 임금을 모시고 나라의 법도를 따라 백성을 잘 다스려야 한다. 그러므로 새벽부터 밤늦게까지 한시도 태만하거나 해이한 태도를 해서는 자기의 직분을 다할 수가 없을 것이며, 따라서 작록을 오래 누리지 못하고, 또 종묘의 봉사도 제대로 하지 못하게 될 것이다. 결국 경·대부는 우선 임금에게 충성을 다해야 종묘도 지키고, 자손에게도 영광된 자리를 물려줄 수가 있을 것이다. 한편 선조로부터 자리를 물려받은 경·대부도 선인들의 정신과 치적을 따라야 한다. 이것이 바로 계지술사(繼志述事)이며 효이다.

해 설

제3장에 나오는 제후만 해도 지방의 임금이며, 따라서 최고의 지배자라고 할 수 있다. 크게는 천자, 작게는 제후 밑에서 정사를 거두고 직접 다스리는 관료계급의 으뜸이 바로 경·대부이다. 여기서는 이들 경·대부의 효를 말했다.

결론부터 말하면 경·대부는 임금을 모시고 국사를 다스리는 것이 맡은 직분이다. 따라서 그들은 무엇보다도 임금과 나라에 충성해야 한다. 그래야 높은 자리와 봉록을 얻을 수 있고, 또 자손에게 영광을 물려줄 수가 있다. 한편 선조로부터 영광된 작위를 물려받은 사람은 선조의 뜻과 충성을 본받아 더욱 충성해야 한다. 그래야 언제까지나 자리를 잃지 않고, 집안의 영광을 유지하여 아울러 종묘도 잘 지키고 제사도 잘 올릴 수가 있다. 이렇게 충성함으로써 효(孝)를 거둘 수 있는 것이 바로 경·대부의 효라 할 수 있다.

이러한 이치를 모르고 동양은 전통사상을 곡해하여 자기 집안을 높이고, 국가 관념이 희박하다고 하는 사람이 있음은 한탄스럽다. 무조건 동양이 나쁘다고 하는 경솔한 식자들은 자중해야 한다.

이렇게 나라와 임금에게 충성함으로써 선조의 뜻과 업적을 계승하고 또 기리는 것이, 효도를 다하는 길임을 밝힌 공자는 다시 경·대부가 지켜야 할 일을 구체적으로 세 가지라고 지적했고, 그것들을 지켜야 자기 종묘도 지킬 수 있다고 했다.

그 세 가지는 선왕(先王)의 법복(法服)·법언(法言) 및 덕행(德行)을 지키고 실천하는 것이다. 선왕이 세운 세 가지는 바로 법도와 예(禮)와 도리에 맞는 것이므로, 이를 따라 임금을 섬기고 백성을 다스리면, '위로는 임금에게 죄를 짓지 않고, 아래로는 백성에게 죄를 짓지 얻지 않으며(上無得罪於君, 下無得罪於民)[집주(集注)]' 또 아무리 천하에 나서서 말을 하고 행동을 하더라도 잘못이나 원망을 받지 않을 것이다.

법복(法服)·법언(法言)·덕행(德行) 셋 중에서 법복에 대한 해석은 옛날의 주와 오늘날의 학설 사이에 약간의 차이가 있다. 옛날에는 법복을 복장이나 복식(服飾)으로 보았다. 즉 '경이나 대부는 임금을 모시고 국정을 다스리며, 조정에서 빈객을 접대하고 다른 나라에 사신으로도 나가기 때문에 옷차림이나 말이나 행동이 선왕의 예법에 맞아야 한다.'고 풀었다.[형병의 정의 참조] 한편 최근의 학자는 법복을 바른 일[정사(正事)]로 풀었다. 그러나 결국 말과 행동을 중요시한 것은 양자가 같다.

경 · 대부는 오늘의 장 · 차관급의 고급 관리들이다. 이들이 선왕이 세운 법도, 예(禮) 및 도리에 따라 임금이나 나라에 충성한다는 것은 전통적 윤리나 가치에 입각한 도리를 따름이다. 이는 수신 · 제가 · 치국 · 평천하의 일관된 도덕이기도 하다. 즉 내 나라의 안정과 번영이 바로 세계 평화와 일치하는 도덕적 정치이념을 구현하는 길임을 자각해야 한다. 내 나라만을 생각하고 세계 평화를 소홀히 하거나, 세계나 강대국에 눌려 자기 나라를 잊는 일은 모두 전통 윤리적 정치관이 아니다.

공자는 이렇듯 효 사상 속에 일관된 정치이념을 포함하고 있다. 동양 사상의 깊이를 잘 이해해야 한다.

제 5 사장士章

5
"아버지를 섬기는 효성스러운 심정으로 어머니를 섬기되, 특히 사랑하는 마음은 아버지와 어머니가 똑같다. 아버지를 섬기는 효성스러운 심정으로 임금을 섬기되, 특히 공경하는 마음은 아버지와 임금이 똑같다.
그러므로 어머니의 경우는 특히 사랑을 취하고, 임금의 경우는 특히 공경을 취하되, 이들 둘을 모두 겸비하여 섬겨 올릴 존재가 아버지다.
그러므로 효도로써 임금을 섬기는 것이 바로 충성이고, 공경하는 마음으로 윗사람을 섬기는 것이 바로 순종이다.
충성과 순종의 덕을 잃지 않고 완전히 지킴으로써 윗사람을 섬겨야 비로소 자기의 봉록과 벼슬을 잘 보전할 수가 있고, 따라서 언제까지나 선조의 제사도 잘 모실 수가 있다. 이것이 바로 선비가 지킬 효이다. 《시경》에 있다. '새벽 일찍 일어나고 밤늦게 자며, 부지런히 직무를 수행하고 충성을 다함으로써, 나를 낳아주신 부모를 욕되게 하는 일이 없어야 한다.'"

資於事父 以事母 而愛同 資於事父 以事君 而
자어사부 이사모 이애동 자어사부 이사군 이

敬同.
경동

故母取其愛 而君取其敬 兼之者父也.
고모취기애 이군취기경 겸지자부야

故以孝事君則忠 以敬事長則順.
고이효사군즉충 이경사장즉순

忠順不失 以事其上 然後能保其祿位 而守其祭
충순불실 이사기상 연후능보기록위 이수기제

祀 蓋士之孝也.
사 개사지효야

詩云 夙興夜寐 無忝爾所生.
시운 숙흥야매 무첨이소생

주

士(사) 일반적으로 선비라고 번역하나, 여러 가지 뜻이 있다. 독서인(讀書人)이나 지식인을 士라 하기도 하고, 또 군사(軍士)라고 할 때의 士는 군인의 뜻도 된다. 옛날에는 문인(文人)은 사(史)라 했고, 무인(武人)은 사(士)라 했다. 여기서는 관직으로서의 士로 대부(大夫) 아래에 있으며, 일반 서민보다는 위다. 지금의 일반 공무원 같은 계층이라 할 수 있겠다. 《백호통(白虎通)》에는 '사는 일이다. 일을 맡는다는 뜻이다.(士, 事也. 任事之稱也.)'라고 했다. 《설문(說文)에서는 '열 가지 일을 하나에 맞추는 뜻으로 사라 한다.(推十合一曰士.)'고 했다. 즉 사(士)는 十과 一의 합자다. 《순자(荀子)》 수신편(修身篇)에는 '법도를 잘 지키고 실천하는 사람을 사라고 한다.(好法而行, 士也.)'라고 했다. 士에는 '호의임사(好義任事)'의 뜻이 있다. 즉 정의와 도리를 지키고 따라 일을 처리하는 사람을 선비라 한다. 아무렇게나 벼슬하고 악덕한 짓을 하고 녹을 먹는 자는 참다운 선비가 아니다. 《논어》 자장편(子張篇)에는 '선비는 나라가 위험에 처했을 때는 목숨을 바친다.(士, 見危致.)'라는 말이 있다.

資於事父(자어사부) 자(資)는 용(用)이나 취(取)의 뜻. 아버지를 섬기는 효도로써.

以事母(이사모) 이(以)는 '~로써'. 사모(事母)는 어머니를 모시다, 섬기다.

愛同(애동) 사랑에 있어서는 같다. 아버지에 대한 사랑이나

어머니에 대한 사랑이나 같다.[해설 참조]

敬同(경동) 아버지에 대한 공경심이나 임금에 대한 공경심이나 모두 같다.

母取其愛(모취기애) 어머니를 섬기는 경우는 사랑을 더 취한다. 즉 아버지를 섬기는 데는 사랑과 공경을 겸하고 있으나, 어머니의 경우에는 사랑 쪽을 더 중하게 여긴다.

君取其敬(군취기경) 임금을 섬기는 경우는 공경을 더 취한다.

兼之者父也(겸지자부야) 사랑과 공경을 겸한 존재가 아버지다. 결국 아버지를 섬기는 경우는 사랑과 공경을 겸해야 한다.

以孝事君則忠(이효사군즉충) 아버지를 섬기는 효도로써 임금을 섬기면 바로 충성이다. 충(忠)은 마음이나 힘을 다하여 섬김을 말한다. 주자(朱子)는 '자기의 최선을 다하는 것이 충이다.(盡己之謂忠.)'라고 했다. 정주(鄭注)에는 '아버지를 섬기는 효성을 옮겨 임금을 섬기면 바로 충이 된다.(移事父孝, 以事於君, 則爲忠矣.)'라고 했다. 《후한서(後漢書)》 위표전(韋彪傳)에는 '충신은 반드시 효자가 있는 집에서 구한다.(求忠臣必於孝子之門.)'라는 말과 함께 '충신은 반드시 효자가 있는 집에서 나온다.(忠臣必出於孝子之門)'라는 말이 있다.

以敬事長則順(이경사장즉순) 공경하는 마음으로 윗사람을 섬기면 바로 순종하게 된다. 정주(鄭注)에는 '형장(兄長)을 섬기는 공경을 옮겨 윗사람을 섬기면 바로 순종하게 된다.(移事兄敬, 以事於長, 則爲順矣.)'라고 했다. 《고문효경

(古文孝經)》에는 '이경사장(以敬事長)'을 '이제사장(以弟事長)'으로 썼다.

能保其祿位(능보기록위) 자기가 받는 봉록이나 벼슬을 간직할 수가 있다. 《고문효경》에는 녹(祿)을 작(爵)으로 썼다. 녹(祿)은 봉록, 작(爵)의 원뜻은 공(公)·후(侯)·백(伯)·자(子)·남(男)으로 5등급의 작위로, 여기서는 녹이 맞다. 후세에 와서 작(爵)을 직위나 관직의 뜻으로 쓰기도 하나 원래 뜻은 아니다.

祭祀(제사) 넓은 뜻으로는 천신(天神), 지기(地祇), 인귀(人鬼)를 모시는 것을 모두 제사라고 한다. 여기서는 좁은 뜻으로 자기의 선조를 제사 지내는 것을 말한다. 형병(邢昺)은 다음과 같이 풀었다. '제(祭)는 제(際)다. 사람과 신이 서로 접하므로 만난다는 뜻의 제(際)라고 했다.(祭者際也. 人神相接, 故曰際也.)' '사(祀)는 닮았다는 뜻의 사(似)다. 즉 선조를 만날 듯하다는 뜻이다.(祀者似也. 謂祀者, 似將見先人也.)' 선비[士]도 종묘가 있음은 앞에서 말했다.

詩云(시운) 《시경》 소아(小雅) 소완편(小宛篇)의 구절.

夙興夜寐(숙흥야매) 일찍 일어나고 밤늦게 자다. 즉 새벽부터 밤늦게까지 부지런히 일하고 나라에 충성한다는 뜻.

無忝(무첨) 욕되게 하지 말라. 첨(忝)은 욕(辱)의 뜻.

爾所生(이소생) 너를 낳아준 부모. 이(爾)는 너, 그대.

해설

앞장의 경·대부에 이어 여기서는 사(士)가 지켜야 할 효를 말했다. 즉 선비는 나라의 공무를 다스리는 직책을 맡은 관리다. 따라서 무엇보다도 나라에 충성하고 임금을 잘 섬기고, 동시에 사회의 연장자나 윗사람에게 공경과 순종의 덕을 다해야 한다. 그래야 언제까지나 봉록과 관직을 간직하고, 따라서 선조의 제사를 잘 모시고 집안을 계승 발전시킬 수가 있을 것이다. 만약 나라에 충성하지 않고, 윗사람에게 거역하다가 봉록이나 직위를 잃고 가난하게 되고 제사도 잘 모시지 못하면, 이는 선조가 이룩한 집안을 망치고 욕되게 하는 일로 불효라고 할 수 있다.

자식이 아버지를 섬기는 것을 효라 하며, 그 효에는 사랑과 공경하는 마음이 합쳐 있다. 그중 사랑하는 마음을 더욱 강조하는 경우가 어머니에 대한 효성이고, 공경하는 마음을 더 강조하는 경우가 임금에 대한 충성이 된다. 어머니를 모실 때와 임금을 섬길 때를 대비해서 이렇게 말한 것이지, 어머니는 공경하지 않아도 좋다는 뜻은 아니다. 아버지에 대한 효를 하나의 뿌리로 삼고, 비교적 어머니에게는 사랑으로 섬기고, 임금에게는 공경하는 마음으로 충성하라는 뜻이다.

그 이유는 자식과 어머니 사이에는 은애(恩愛)가 주(主)가 되고, 임금과 신하 사이에는 의리(義理)가 주가 되기 때문이다. 다시 말하면 임금에게 충성하는 사람은 아버지 섬기는 효도 중에서 의리를 주로 한 효자라 할 수 있고, 어머니를 애모하는 효심은 아버지를 섬기는 효도 중에서 은애의 심정을 주로 한 효자의 마음이라 할 수 있다. 이것을 도시하면 다음과 같다.

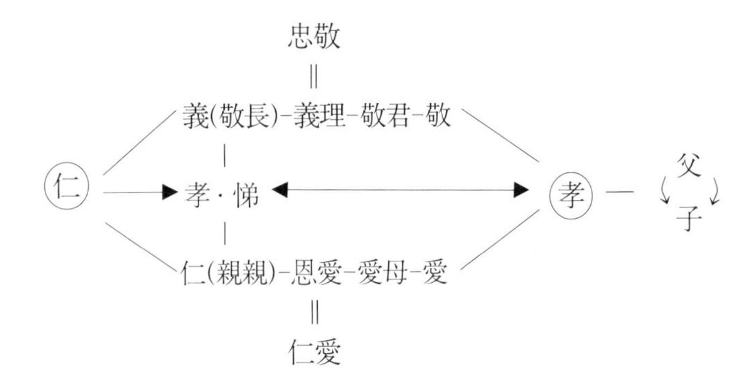

그림에서 보듯이 효에서 나온 애(愛)와 경(敬)은 바로 육친애의 핵심인 인(仁)과, 또한 경장(敬長)의 핵심인 의(義)로 뻗어 나가며 동시에 이들은 좁은 뜻의 효와 제(悌)로 큰 인[大仁]을 이룩하는 바탕이기도 하다. 다시 공자는 경(敬)으로 윗사람 섬기는 것을 순종이라고 하여 강조했다. 이것은 선비가 임금에게 충성하고, 동시에 윗사람에게 순종함으로써 사회의 질서 위계를 지키라는 뜻으로 평화 유지의 바탕이다.

이처럼 공자는 선비가 지킬 효도를 사회적으로 풀었다. 그러나 그 핵심은 자식이 아버지 섬기는 효도에서 나온 것이며, 그 줄기에 일통(一統)되고 있음을 깊이 이해해야 한다.

참고로 정의(正義)와 집주(集注)의 풀이를 보겠다.

'사랑은 아버지와 어머니가 같고, 공경은 아버지와 임금이 같다고 하는 뜻은, 아버지에게 효도하는 사랑과 공경으로 어머니와 임금을 섬기라는 것이다. 말하자면 사랑과 공경은 모두 마음에서 나오지만, 임금은 존귀하고 높은 자리에 있으니 공경을 깊이 하고, 어머니는 은혜로 키워주셨으니 사랑을 깊게 바치는 것이다.(言愛父與母同, 敬父與君同者, 謂事母之愛, 事君之敬, 並同於父也. 然愛之與敬俱出於心, 君以尊高而敬深, 母以鞠育而愛厚.)' '들어가 공무에 종사하는 것은 본래 부모를 안심시키기 위해서지, 영화나 귀한 자리를 탐내서가 아니다. 부모를 안심시키고자 하는 마음으로 일하면 충성하게 된다. 만약 자기의 영화만을 탐내고자 하면 충성하지 못한다.(入仕本欲安親, 非貪榮貴也. 若用安親之心, 則爲忠也. 若用貪榮之心, 則非忠也..)' -《효경》 정의(正義)

'아버지를 섬기는 효도로써 어머니를 섬기면, 어머니를 사랑하는 마음이 아버지에 대한 것과 같다. 어머니라고 공경하지 않는 것은 아니지만, 사랑을 중점적으로 말하는 까닭은 상대적으로 볼 때 아버지는 도의[義]를 주로 하고, 어머니는 은애(恩愛)를 주로 하기 때문이다.(取事父之道以事母, 其愛母則同於愛父. 雖未嘗不敬也, 而以愛爲主,

以父主義, 母主恩故也..)' '아버지를 섬기는 효도로써 임금을 섬기면, 임금을 공경하는 마음이 아버지에 대한 것과 같다. 임금이라고 사랑하지 않는 것은 아니지만, 공경을 중점적으로 말하는 까닭은 임금과 신하 사이에는 도의가 은애보다 앞서는 까닭이다. 따라서 어머니를 섬기는 데는 은애라 했고, 임금을 섬기는 데는 공경이라 했으며, 이들을 합친 것이 바로 아버지에 대한 효다.(取事父之道以事君, 其敬君則同於敬父. 雖未嘗不愛也, 而以敬爲主. 以君臣之際, 義勝恩故也. 以此之故, 事母取其愛, 事君取其敬, 合愛與敬而兼之者, 惟父然也.)'

본장의 뜻을 간추리면 다음과 같다. 사람은 반드시 근본이 있으며, 아버지가 바로 생의 근본이다. 따라서 사랑과 공경을 아버지에게 모두 바치는 까닭은 하나인, 근본인 아버지를 높이기 때문이다. 하나에 일치해야 지성할 수 있고, 근본을 알아야 효도할 수가 있으며, 따라서 효를 옮겨 임금을 섬기면 충성이 되고, 공경을 옮겨 윗사람을 섬기면 순종이 되며, 작록을 보전하고 제사도 모실 수가 있으니, 좋지 않겠는가!(此章蓋言, 人必有本, 父者生之本也. 愛與敬父兼之, 所以致隆於父, 一本故也. 致一而後能誠, 知本而後能孝, 故移孝以事君則爲忠, 移敬以事長, 則爲順, 能保爵祿, 而崇祭祀, 豈不宜哉..)' - 동정(董鼎) 집주(集註)

맹자는 말한 바 있다. ‘선비로서 밭이 없으면 제사를 지내지 못하며, 선비로서 자리를 잃는 것은 마치 제후가 나라를 잃는 것이나 같다.(惟士無田, 則亦不祭. 士之失位, 猶諸侯之失國.)’

따라서 선비는 성심성의껏 윗사람을 모시고, 신중하고 충성스럽게 나랏일을 거들어 봉록과 자리를 잃지 말고, 언제까지나 집안의 제사를 지내고, 자손을 번성케 해야 한다. 이것이 선비가 지킬 효이다. 단 선비는 어디까지나 의(義)를 따라 출사(出仕)하고, 윗사람 공경도 해야 한다. 의를 떠나서는 안 된다. 경(敬)은 바로 천리(天理)를 따르는 것이다. 아무에게나 공경하라는 뜻이 아니다.

제 6 서인장庶人章

6

"하늘의 도리를 따라 활용하고, 땅의 특성을 잘 살려 이용하여 생산을 높이고, 마음이나 몸가짐을 신중히 하고, 또 재물을 절약해서 집안에서 부모를 잘 봉양해야 한다. 이렇게 하는 것이 서민의 효다.
그러므로 효도란 위로는 천자에서부터 아래로는 서민에 이르기까지 처음과 끝이 없게 마련이다. 따라서 효를 지키지 못할까 걱정할 사람은 아무도 없었다."

用天之道 分地之利 謹身節用 以養父母 此庶
용 천 지 도 분 지 지 리 근 신 절 용 이 양 부 모 차 서

人之孝也.
인 지 효 야

故自天子至於庶人 孝無終始 而患不及者 未之
고자천자지어서인 효무종시 이환불급자 미지

有也.
유야

주

庶人(서인) 서민(庶民), 일반 평민. 서(庶)는 중(衆)의 뜻. 즉 모든 중인(衆人). 집주(集注)에는 '서인은 넓게 중인을 가리키며, 학문하는 선비로서 벼슬에 나아가지 못한 사람과 농경 · 공업 · 상업에 종사하는 모든 사람을 말한다.(庶人, 泛指衆人, 學爲士而未受命, 與農工商賈之屬皆是也.)'라고 풀이했다.

用天之道(용천지도) 용(用)은 잘 쓰다, 잘 따르고 활용하다. 천지도(天之道)는 천도, 하늘의 도리, 천지 · 자연 · 사시(四時)의 법칙. 정주(鄭注)는 다음과 같이 풀었다. '봄에는 나고, 여름에는 자라고, 가을에는 거두고, 겨울에는 저장한다. <이러한 하늘의 도리를 따라> 농사를 짓고 사계절의 운기를 따르는 것을 천도를 잘 쓴다고 한다.(春生夏長秋斂冬藏, 擧事順時, 此用天道也.)' 《효경》 집주(集註)에는 '내가 봄에는 경작하고, 여름에는 김매고, 가을에는 수확하고, 겨울에는 저장한다. 이렇게 하늘의 도리를 따르고 활용하는 것은, 곧 사계절의 시령에 순응하는 것이다.(我則以春耕, 以夏耘, 以秋收, 以冬藏. 用天之道, 如此則順時令矣.)'라고 했다.

分地之利(분지지리) 지리상의 모든 특성을 잘 분별하여 이용한다. 분(分)은 분변(分辨), 구별, 잘 밝혀 알다. 지지리(地之利)는 땅만이 아니라 바다나 강을 포함한 수토(水土)의 이익을 말한다. 형병(邢昺)은 소(疏)에서 풀었다. 《주례(周禮)》 대사도(大司徒)에는 오토(五土)를 산림(山林) · 천택(川澤) · 구릉(丘陵) · 분연(墳衍) · 원습(原隰)이라 했다. 서인들은 이러한 다섯 가지 토지를 분별하고 잘 맞춰서 농사를 지어야 한다.' 단 지지리를 좀 더 넓게 강이나 바다에서는 소금이나 생선을 잡고, 지하에서는 광물을 채취하는 뜻으로 확대해도 좋다.

謹身節用(근신절용) 근신(謹身)은 마음이나 몸가짐을 신중히 하고 겸손하고 삼간다는 뜻. 근(謹)은 신(愼), 절용(節用)은 재물을 아끼고 씀씀이를 절약하다. 절(節)은 성(省). 정주(鄭注)에는 '부유해도 사치와 안일하지 않는다.(富, 不奢泰也.)'라고 했다. 현종(玄宗) 주(注)에는 '몸가짐을 공손하고 근신하면 치욕을 멀리하고, 씀씀이를 절약하면 기한을 면하고, 한편 공부(公賦)를 다 바치고도 내 집안 가족 부양에 부족함이 없다.(身恭謹則遠恥辱, 用節省則免飢寒, 公賦旣充, 則私養不闕.)'라고 했다. 간조량(簡朝亮)은 다음과 같이 풀이했다. '내 몸을 부모에게 받았으니 마땅히 근신해야 한다. 쉬운 말로 태만하지 않아야 한다. 방종이나 망발한 태도를 취해 세상에서 지탄받는 자는 불효자다. 깊게 말하면 예가 아닌 것은 보지도 듣지도 말하지도 행하지도 말라는 뜻이다. 모두가 근신이다.(以吾身受之父母, 宜謹愼也. 淺言之, 則無怠惰. 而縱欲妄好戒世俗, 所爲

不孝者. 深言之, 則視聽言動無非禮, 皆謹愼也.)'

以養父母(이양부모) 천도를 따르고 지리를 이용하여 생산하고, 아울러 절약하고, 몸가짐을 신중히 하여 부모에게 봉양하다. 형병은 원신설(援神契)의 설을 인용했다. '서인의 효행을 휵(畜)이라 한다. 휵양(畜養)한다는 뜻이다. 즉 몸소 농사를 지어 소작을 얻어 쌓고서 부모를 봉양한다는 뜻이다.(庶人行孝曰畜, 以畜養爲義. 言能躬耕力農, 以畜其德而養親也.)'

孝無終始(효무종시) '효는 끝도 시작도 없다.'는 것은 효는 때와 장소 및 시간을 초월하여 영원히 존재하는 것이라는 뜻이다. 따라서 위로는 천자(天子)로부터 아래로는 서민에 이르기까지 누구나 지켜야 한다. 《고문효경》은 '自天子至於庶人 ~ 未之有也.'를 따로 나누어 제7장 효평장(孝平章)이라 했다.

患不及者(환불급자) 환(患)은 걱정하다, 불급(不及)은 효를 지키지 못한다는 뜻. 효는 어려운 것이 아니므로 누구나 자기 신분에 맞게 지킬 수 있게 마련이다.

해 설

제6장은 일반 서민이 지키고 행할 효를 말했다. 앞에서 말한 천자(天子), 제후(諸侯), 경(卿)·대부(大夫) 및 사(士)는 저마다의 공적인 직분이 있으나, 여기서 말하는 서인(庶人)은 공적인 직분이 없는 평민이다. 오직 자기 힘으로 농사지으며 먹고 살아야 한다. 옛날에는 농사가 생

산의 대표적 자리를 차지했으므로 농사를 내세웠으나, 실은 모든 생산을 포괄한다고 생각할 수 있다.

농사는 어디까지나 천지 · 자연 · 계절의 조화나 변화 및 운기를 따라서 하게 마련이다. 이를 '용천지도, 분지지리(用天之道, 分地之利)'라고 했다. 즉 천지 · 자연의 도리를 따르고 부지런히 일해서 땅에서 소득을 얻으면, 다음에는 재물을 아끼고 마음이나 몸가짐을 신중히 하여, 죄짓는 일 없이 자중(自重) 근신(謹愼)하고 부모를 봉양해야 한다. 이것이 서인이 지켜야 할 효이다.

일반 서민이 지킬 효에는 생산성이 강조되고, 심신을 근신하고, 아울러 물질적 절검(節儉)이 강조되었다.

이상 다섯 가지 계층의 효를 설명한 공자는 끝에서 총괄적으로 효는 우주 천지의 대도(大道)이며, 영원히 변하지 않고, 또 시간과 장소를 초월하고 아울러 누구나 실천할 수 있는 도덕이라고 했다.

제7 삼재장三才章

7-1

증자가 말했다.

"참으로 효는 위대하군요!"

공자가 말했다.

"무릇 효의 도리는 영구불변하는 하늘의 원리이자, 보편타당한 지상의 바른 이치이며, 또한 모든 사람이 실천해야 할 행동 기준이다.

효는 천지간의 영구불변하는 원리다. 따라서 모든 사람은 효를 지켜야 한다. 〔이렇게 효를 따르고 지키는 것은〕 하늘의 높고 밝은 우주 원리를 따르고, 아울러 만물을 양육하는 땅의 바른 이치에 의지하고, 나아가 천하의 모든 사람이나 만물을 순화(順化)하는 것이다.

그러므로 〔모든 사람이 효를 지키고 실천하면〕 온 나라는 엄숙하게 조이지 않아도 스스로 교화될 것이고, 온 천하는 엄격하게 조이지 않아도 잘 다스려질 것이다.”

曾子曰 甚哉 孝之大也.
증 자 왈 심 재 효 지 대 야

子曰 夫孝 天之經也 地之義也 民之行也.
자 왈 부 효 천 지 경 야 지 지 의 야 민 지 행 야

天地之經 而民是則之 則天之明 因地之利 以
천 지 지 경 이 민 시 칙 지 칙 천 지 명 인 지 지 리 이

順天下.
순 천 하

是以其敎不肅而成 其政不嚴而治.
시 이 기 교 불 숙 이 성 기 정 불 엄 이 치

주

三才(삼재) 하늘[天]·땅[地]·사람[人]을 가리킨다. 하늘은 우주의 원리를 내려주고, 땅은 그 원리에 따라 만물을 양육하며, 하늘과 땅 사이에서 사람이 원리를 따라 만물을 키우고 열매를 맺게 하는 일을 하게 마련이다. 즉 사람은 천도(天道)를 따라 땅에서 모든 것을 얻으니 이것이 바로 지덕(地德)이다. 다시 말하면 만물은 천지인(天地人)에 의해 생화(生化) 육성(育成)되므로 이 셋을 만물을 키우는 기본 힘이라는 뜻으로 삼재라고 한다. 재(才)는 ‘힘, 역량’의 뜻이다. 《역경(易經)》 계사전 하(繫辭傳 下)에 있다. ‘역

이라는 책은 넓고 모든 것을 갖추고 있다. 천도·인도 및 지도 세 가지 바탕이 모두 있으며, 아울러 이 세 가지를 둘로 파악하고 있다.(易之爲書也, 廣大悉備. 有天道焉, 有人道焉, 有地道焉, 兼三才而兩之.)'

甚哉(심재) 감탄사로 대단하다는 뜻. 대재(大哉)와 같다. 심(甚)은 대(大)의 뜻.

孝之大(효지대) 효의 원리와 뜻이 위대하다. 증자가 공자에게 천자(天子)·제후(諸侯)·경대부(卿大夫)·사(士)·서인(庶人)이 지켜야 할 다섯 가지 효[五孝]에 대한 설명을 듣고, '그렇게나 효가 위대하군요!' 하고 탄복한 말이다.

天之經(천지경) 영구불변하는 천도(天道)와 같다. 경(經)은 영구히 변하지 않는 법칙, 원리, 도리 및 줄기. 도(道)는 원리, 도리, 법칙. 즉 효도, 효의 원리는 바로 천도에서 나온 것이므로 시간과 공간을 초월하여 영구히 변치 않는 만고의 진리다. 《대대례(大戴禮)》 증자대효편(曾子大孝篇)에도 '효는 천하의 큰 줄기다.(夫孝, 天下之大經也.)'라고 했다.

地之義(지지의) 의(義)는 도리나 정리(情理)에 맞고 옳다는 뜻으로 의(宜)와 의(誼)에 통한다. 《여람(呂覽)》에 있다. '의는 모든 일의 법이다. 즉 일이 모두 모든 사람에게 맞는다는 뜻이며, 따라서 지상의 의리라고 한다.(義也者, 萬事之紀也. 言事事適合於衆也. 故曰地之義也.)' 현종 주(注)에는 '만물을 이롭게 하는 것이 의다.(利物爲義)'라고 했으며, 형병(邢昺)은 소(疏)에서 '《역경》 문언에 만물을 이롭게 하므로 족히 화할 수 있다. 의는 만물을 이롭게 하는 뜻이다.(易文言曰, 利物足以和. 義是利物爲義也.)'라고 했다. 즉 효는 땅 위에 있는 모든 사람이 지켜야 할 의리며, 이를 지키면 모든 사람이 조화 속에 서로 이득을 보고 만물을 활용하여 발전할 것이다. 이것이 지지의(地之義)의 뜻이다.

民之行也(민지행야) 효는 모든 사람이 실천해야 할 길이다. 행(行)은 걸어가야 할 길로도 풀 수 있고, 또 덕행(德行)으로도 풀 수 있다. 제1장에서 '효는 모든 덕행의 근본이다.(孝, 德之本)'라고 했다. 사람의 행동은 반드시 천지의 도리를 따르고 지켜야 한다. 따라서 '천지경(天之經), 지지의(地之義), 민지행(民之行)'은 삼위일체라 할 수 있다. 즉 영구불변하는 천지의 도리, 즉 효를 사람이 지키고 행해야 한다.

天地之經 而民是則之(천지지경 이민시칙지) 효는 영구불변하는 천지의 진리다. 따라서 모든 사람이 이를 즐겨 따르게 마련이다. 앞에서 '천지경(天之經), 지지의(地之義)'라고 한 말을 합쳐서 천지지경이라 했다. 사람은 우주·천지·자연의 도리, 법칙을 따라야 한다. 현종(玄宗)은 주에서 풀이했다. '하늘에는 영원히 변치 않는 밝은 도리가 있고, 땅에는 언제나 조화 속에서 만물이 자란다. 사람이 천지를 따른다는 것은 바로 효를 영원한 덕행으로 삼으라는 뜻이다.(天有當明, 地有常利. 言人法則天地, 亦以孝爲常行也.)' 시(是)는 '바로', 또는 '즐겁게'로 풀이할 수 있다. 시는 식(寔), 실(實). 《석명(釋名)》 석언(釋言)에는 '시(是)는 기야(嗜也)'라고 했다. 칙(則)은 법(法)과 같다. 동사로 '법

도로 삼고 따르고 지키다'이다.

則天之明(칙천지명) 하늘의 밝은 도리를 따르다. 칙(則)은 앞의 뜻 이외로 보다[視], 지키다, 살피다의 뜻도 있다. 정주(鄭注)에 '칙(則)은 시(視). 옛날에는 시(視)·시(示)와 통했다.'라고 했다. 명(明)은 명덕(明德). 명(明)은 일월(日月)이며, 따라서 명덕은 천지(天地)의 대덕(大德)이며, 바로 생(生) 즉 생육화성(生育化成)이다. 하늘은 만물을 생육화성하는 큰 덕의 근원이다. 앞에서 말한, '봄에는 싹이 나고(春生), 여름에는 자라고(夏長), 가을에는 거두고(秋收), 겨울에는 저장한다.(冬藏)'의 원리가 바로 하늘에서 나온 것이다.

因地之利(인지지리) 인(因)은 의지하다, 활용하다. 지지리(地之利)는 만물을 배양하는 땅의 힘, 즉 넓은 뜻으로 천지 자연의 힘이나 도리를 잘 활용한다는 뜻.

以順天下(이순천하) 천하의 모든 사람을 교화 순종하게 한다. 순(順)은 순종, 또는 순화(順化). 하늘의 도리를 지키고 땅의 힘을 활용하여 만물을 조화 속에 양육하면 사람들을 쉽게 순화시킬 수 있다.

其教(기교) 천하 만민에 대한 교화를 말한다.

不肅而成(불숙이성) 백성을 엄하게 속박하지 않아도 교화가 이루어진다. 숙(肅)은 장엄(莊嚴), 엄숙(嚴肅) 및 속박하다.

其政不嚴而治(기정불엄이치) 백성을 다스림에 있어서 심하게 하지 않아도 잘 다스려진다. 현종 주(注)에 있다. '하늘의 밝은 덕을 법도로 삼으니 영구불변하며, 땅의 옳은 이치를 이용하여 만물을 순리로 양육하니 백성들에게 덕치나 교화를 베풂에 있어 엄격하고 심하게 단속하지 않고도 모든 것이 이치대로 된다.(法天明以爲常, 因地利以行義順, 此以施政教, 則不待嚴肅而成理也.)' 《관자(管子)》에는 '민심을 따라야 정치가 잘 된다.(政之所興, 在順民心.)'라고 했고, 또 '흐르는 물의 근원에서 영을 내리면, 민심을 잘 따르게 할 것이다.(下令於流水之原者, 令順民心也)'라고도 했다. 《맹자》 공손추 상(公孫丑 上)에도 있다. '덕으로 남을 따르게 해야 속에서부터 즐겨서 지성껏 복종한다. 힘으로 남을 복종하게 하는 것은 심복하는 것이 아니라, 힘이 달려서 따르는 것이다.(以德服人者, 中心悅而誠服也. 以力服人者, 非心服也, 力不贍也.)' 효는 우주 · 천지 · 자연의 원리를 따라 사람과 만물이 조화 속에서 생육화성하는 것이다. 따라서 효를 지키면 바로 왕도덕치가 순리롭게 이루어질 수가 있다. 그러므로 '무릇 효는 덕행의 근본이다.(夫孝, 德之本也.)'라고 했다.

해 설

앞에서 오효(五孝)를 말한 공자는 다시 천지인(天地人) 삼재(三才)를 일관하는 효의 뜻을 말했다.

본래 하늘은 모든 원리 · 진리 · 도리를 내려주고, 땅은 하늘의 도리를 따라 만물을 양육하게 마련이다. 이것이 바로 천도(天道)와 지덕(地德)이다. 도덕의 도(道)는 도리고, 덕(德)은 득(得)으로, 천리(天理)를 따라 땅에서 얻어진 결과다. 사람은 하늘과 땅 사이에서 천리를 받들어 땅 위에서 만물을 양육하는 일을 한다. 따라서 사람을 만물의 영장(靈長)이라고 한다. 다시 말하면 사람의 책임은 하늘과 땅 사이에서 천리를 받들어 지키고 땅 위에서 만물을 양육하는 일이다. 천지의 무한한 창조와 발전은 천리와 지덕과 인행(人行)으로 이루어지며, 천(天)·지(地)·인(人)을 삼재라 한다.

그리고 효는 바로 이 삼재를 일관(一貫)하는 도리이다. 이를 공자는 '천지경(天之經), 지지의(地之義), 민지행(民之行)'이라 했다. 즉 천지의 도덕이자 인간의 행동 준칙이라는 뜻이다.

인간의 윤리도덕은 인간이 마음대로 만든 것이 아니다. 특히 동양의 전통사상이나 윤리에 대해서 잘 알지 못하는 사람들은 동양의 윤리도덕은 위정자나 통치자 및 윗사람이 자기들의 편리를 도모하고자 자의적(恣意的)으로 만든 것이므로 버려야 한다고 곡해하는 수가 많다. 그러나 절대로 그런 것이 아니다.

자연과학이 절대적으로 자연법칙을 따르고 활용해야 하듯이, 인간의 생활이나 사회활동도 어디까지나 우주 천지의 원리, 즉 자연법칙을 따라야 한다는 것이 동양 윤리 도덕의 기본이다. 이 점은 서양의 기독교도 마찬가지다. 다만 동양에서는 천리나 천도만을 내세우고, 인격신을 앞세우지 않는 점이 다를 뿐이다. 《효경집주(孝經集

註)》에는 이상을 '전지삼장(傳之三章)'이라 하여 대략 다음과 같이 풀었다.

'하늘은 양(陽)으로 만물을 낳으니 부도(父道)라 한다. 땅은 순(順)으로 하늘을 받드니 모도(母道)라 한다.(天以陽生物, 父之道. 地以順承天, 母道也.)' '하늘은 만물을 낳고 감싸주므로 영구불변하니 경(經)이라 하고, 땅은 하늘을 따라서 순종하므로 옳다 하여 의(義)라 한다.(天以生覆爲常, 故曰經. 地以承順爲宜, 故曰義.)' '사람은 하늘과 땅 사이에 태어나고, 또 하늘과 땅의 성(性)을 받고 있으니, 마치 자식이 부모를 닮음과 같다.(人生天地之間, 稟天地之性, 如子之肖像父母也.)' '사람은 하늘의 성품을 따라 자애(慈愛)롭고, 땅의 성품을 받아 공순(恭順)하니, 이 자애와 공순이 바로 효의 근원이다.(得天之性, 而爲慈愛. 得地之性, 而爲恭順. 慈愛恭順, 卽所以爲孝.)' '그러므로 효는 하늘의 줄기며, 땅의 의리며, 사람이 지킬 행동이다.(故孝者, 天之經, 地之義., 而人之行也.)' '효는 본래 천지의 영구불변하는 진리며, 사람이 이를 법도로 취해야 한다.(孝, 本天地之常經, 而人於是取則焉.)'

이 풀이는 매우 적절하다고 할 수 있다. 기독교에서 사람은 하나님의 소생이요, 하나님을 닮았다고 한 것이나 같은 생각이다. 즉 효는 하나님을 따르는 것이다.

7-2

"선왕께서 효도의 교화로써 모든 백성을 감화시킬 수 있음을 잘 아셨다.

그러므로 솔선하여 몸소 사랑을 널리 베푸셨고, 그 결과 모든 백성도 효도를 지키고 아무도 부모를 모른 척하고 내버리는 자가 없게 되었다. 또 선왕께서 솔선하여 덕행과 의리를 베푸셨고, 그 결과 모든 백성도 감흥하여 덕행을 진작하게 되었다.

또 선왕께서 솔선하여 공경과 겸양을 본보이자, 모든 백성도 감화되어 서로 다투지 않게 되었다. 또 선왕께서 예악으로 백성을 인도하자, 모든 백성이 화목하게 되었다.

또 선왕께서 선을 좋아하고 악을 미워하는 태도를 분명히 밝히자, 백성들도 스스로 나쁜 짓을 하지 않게 되었다.

《시경》에 있다. '명성이 혁혁하게 빛나는 태사 윤씨로 해서, 모든 백성이 그대의 높은 덕을 우러러볼 줄 알도다!'"

先王見教之可以化民也.
선 왕 견 교 지 가 이 화 민 야

是故先之以博愛 而民莫遺其親 陳之以德義
시고선지이박애 이민막유기친 진지이덕의

而民興行.
이민흥행

先之以敬讓 而民不爭 導之以禮樂 而民和睦.
선지이경양 이민부쟁 도지이예악 이민화목

示之以好惡 而民知禁.
시지이호오 이민지금

詩云 赫赫師尹 民具爾瞻.
시운 혁혁사윤 민구이첨

주

先王(선왕) 옛날의 성제(聖帝)나 덕왕(德王). 요(堯) · 순(舜) · 우(禹) · 탕왕(湯王) · 문왕(文王) 같은 분들.

見敎之可以化民(견교지가이화민) 효도를 가르치면 백성들을 교화할 수 있음을 알다. 견(見)은 보다, 알다. '敎之可以化民'은 見의 목적구다. 따라서 교(敎) 다음에 지(之)가 있다. 즉 목적구에서 敎는 주어, 可以化民은 술어다. 之는 종속구의 주어 · 술어를 밀착시키는 문법적 역할을 한다. 교(敎)는 효도의 가르침, 효에 의한 교화. 화민(化民)은 백성을 감화하다. 《백호통(白虎通)》에 있다. '교(敎)는 무슨 뜻일까? 교는 본받을 효(效)이다. 윗사람이 하는 일을 아랫사람이 본받고 따라 하는 것이다. 백성은 소박하므로 가르치지 않으면 훌륭해질 수가 없다.(敎者, 何謂也. 敎者,

效也. 上爲之, 下效之. 民有質樸, 不敎不成,) – <삼교편(三敎篇)>' 화(化)는 교(敎)가 점차로 깊이 스며들어 흡족히 배는 것으로 이루어진다. 《순자(荀子)》에 '신은 화할 수 있다.(神則能化矣.)'라고 했으며, 양경(楊倞) 주에 '화는 선으로 옮겨 감이다.(化, 謂遷善也.)'라고 했다.

先之以博愛(선지이박애) 선지(先之)는 백성들에 앞서서 솔선수범한다는 뜻. 이(以)는 용(用), 행(行)의 뜻. 박애는 넓게 사랑하다. 한유(韓愈)는 '박애는 인이다.(博愛之謂仁.)'라고 했다. 《논어》 학이편(學而篇)에도 '널리 모든 사람을 사랑하고, 인자를 친하게 하다.(汎愛衆, 而親仁.)'라고 있으며, 《예기(禮記)》 대학편(大學篇)에도 '요순이 인으로써 천하를 거느렸으므로, 백성이 따랐다.(堯舜率天下以仁, 而民從之.)'라고 있다. 박애(博愛) · 인애(仁愛) · 자애(慈愛) 또는 경애(敬愛)는 바로 하늘의 도를 따르는 것이며, 천지경(天之經)을 본받는 것이자 바로 칙천지명(則天之明)이다.

民莫遺其親(민막유기친) 백성으로서 자기 부모를 버리는 자가 없다. 유(遺)는 유기(遺棄) 또는 기망(棄忘). 형병(邢昺)은 소(疏)에서 다음과 같이 풀었다. '임금이 박애의 도를 실천함으로써 모든 백성이 감화되어 사랑과 공경을 실천하고 부모를 버리고 잊은 자가 없게 되었다. 이것은 즉 천자가 사랑과 공경을 밝히고, 부모에게 효도를 다함으로써 백성에게 덕교를 가한 것이다.(言君行博愛之道, 則人化之, 皆能行愛敬, 無有遺忘其親者, 卽天子章之愛敬, 盡於事親, 而德敎加於百姓, 是也.)'

陳之以德義(진지이덕의) 진(陳)은 풀어 말하다, 또는 베풀다,

시행하다. 덕의(德義)는 덕행과 정의 혹은 덕의 뜻으로 풀수도 있다. 앞에서는 만물을 생육하는 하늘의 사랑을 따른다고 했고, 이번에는 땅의 덕과 의(義, 利, 宜)를 실천하고 편다고 했다. 즉 인지지리(因地之利)의 뜻이다.

而民興行(이민흥행) 이(而)는 즉(則), 민(民)은 모든 사람, 흥(興)은 진작(振作) 또는 감흥되어 높이다. 행(行)은 도(道) 또는 선행(善行)을 하다.

先之以敬讓 而民不爭(선지이경양 이민부쟁) 윗사람이 솔선하여 공경과 겸양의 덕을 수범(垂範)하자, 백성들도 감화되어 서로 양보하고 다투지 않게 되었다. 《예기(禮記)》 향음주의(鄕飮酒義)에 있다. '예를 앞세우고 재물을 뒤로하면, 백성들도 경양(敬讓)하고 다투지 않게 된다.(先禮而後財, 則民作敬讓, 而不爭矣.)' 정주(鄭注)에 있다. '주나라 문왕이 조정에서 경양을 가르치자 주나라 백성이 따랐고, 서로 다투던 우나라와 예나라도 이에 감동되어 밭의 경계를 서로 양보한 것과 같다. 위에서 행하면 아래가 본받는다.(若文王敬讓於朝, 虞芮推畔於野. 上行之, 則下效法之.)' 《효경》 제12장 광요도(廣要道)에는 다음과 같이 있다. '공자가 말했다. 백성에게 서로 사랑하기를 가르치는 데는 효가 가장 좋다. 백성에게 예를 지키고 도리에 순종하기를 가르치는 데는 제(悌)가 가장 좋다. 민중의 풍속이나 기풍을 개조하고 향상하는 데는 음악이 가장 좋다. 윗사람이 안심하고 백성을 다스리는 길은 예를 따르는 것이 가장 좋다. 예는 오직 공경이다.(원문은 제12장 참조)' 《예기》 첫머리에도 '공경하지 않으면 안 된다.(毋不敬)'라

고 말하듯이, 예를 지키는 것은 공경에서 비롯된다. 그리고 예는 바로 천리(天理)이다. 따라서 경양은 하늘의 도리를 따라 스스로 엄숙히 단속하고, 윗사람을 공경하고, 남에게 겸양한다는 뜻이다.

導之以禮樂 而民和睦(도지이예악 이민화목) 백성을 예악으로 인도하면 서로 화목하게 될 것이다. 도(導)는 도(道), 길잡아주다, 인도하다, 교도하다. 예(禮)는 이(理), 하늘의 원리, 진리, 도리가 원뜻이고, 나아가서는 천리를 경건하게 받들고 지키고 실천하는 뜻까지 포함된다. 즉 예는 이(履)이기도 하다. 《논어》 자로편(子路篇)에 있다. '윗사람이 예를 좋아하면, 백성들은 감히 공경하지 않을 수 없다.(上好禮, 則民莫敢不敬也.)' 《예기》 악기편(樂記篇)에 있다. '예는 사람들의 마음을 천리에 맞게 잡아주고, 악은 사람들의 음성을 조화시키고, 정치는 사람들의 행동을 하나의 경지 안에 바르게 잡아주고, 형벌은 간악한 짓을 하지 않게 막아 준다. 이들 예악형정은 결국은 하나다. 모두가 백성들의 마음을 하나로 동화시키고 나아가서는 이상적인 정치를 구현하자는 것이다.(故禮以道其志, 樂以和其聲, 政以一其行, 刑以防其姦. 禮樂刑政, 其極一也. 所以同民心, 而出治道也.)' '예는 사람의 마음을 조절하고, 음악은 사람의 소리를 조화시킨다. 정치로써 시행하고, 형벌로써 막는다. 예악 형정이 사방으로 통달하고 어긋남이 없으면 왕도정치의 바탕이 갖추어진다.(禮節民心, 樂和民聲, 政以行之, 刑以防之, 禮樂刑政, 四達而不悖, 則王道備矣.)' '음악으로 조화를 이루면 백성들이 원망하지 않게 되고,

예로써 천리를 지키면 백성들이 다투지 않게 된다. 서로 절하고 양보하며 천하가 평화롭게 다스려질 수 있는 바탕은 예악이다.(樂至, 則無怨. 禮至 則不爭. 揖讓而治天下者, 禮樂之謂也.)' '가장 크고 높은 음악은 천지와 함께 어울리고, 가장 크고 높은 예는 천지와 함께 절도를 같이한다.(大樂與天地同和, 大禮與天地同節.)' 이상에서 보듯이 예악은 천지의 원리를 따르고, 그에 동화(同和)하는 것이다. 사마광(司馬光)은 말했다. '예로써 외양적인 것을 조화하고, 악으로써 내면적인 세계를 조화한다.(禮以和外, 樂以和內.)'

示之以好惡 而民知禁(시지이호오 이민지금) 시(示)는 보이다, 알리다. 호(好)는 좋아하다, 오(惡)는 미워하다. 금(禁)은 금지하는 것, 해서는 안 될 일. 즉 선왕이 어떻게 하는 것이 좋은 일이고, 어떻게 하면 나쁜가를 분명히 밝혀줌으로써 백성들에게 해서는 안 될 일을 알게 해준다. 형병(邢昺)의 소(疏)에는, '임금이 선한 일에는 상을 내리고 악한 일에는 벌을 내려, 백성들에게 금령(禁令)과 범법(犯法)을 알린다'라고 풀었다. 정주(鄭注)에 있다. '착한 자에게는 상을 주고, 악한 자에게는 벌을 내리니, 백성들이 금령을 알고, 감히 잘못을 저지르지 않는다.(善者賞之, 惡者罰之. 民知禁, 莫敢爲非也.)' 호오(好惡)를 밝힌다는 것은 시비(是非)·선악(善惡)을 분명히 한다는 뜻이다.

詩云(시운) 《시경》 소아(小雅) 절남산(節南山)의 구절. 《예기》 대학편(大學篇)에도 '節彼南山, 惟石巖巖, 赫赫師尹, 民具爾瞻.'이란 구절이 있다.

赫赫師尹(혁혁사윤) 밝고 위대한 윤태사(尹太師). 윤태사는 윤길보(尹吉甫)이다. 주(周) 선왕(宣王) 때 현상(賢相)으로 문무를 겸비하고 덕치를 펴 주나라를 중흥시켰다. 태사는 주나라의 삼공(三公)을 말한다. 즉 태사·태부(太傅)·태보(太保)다. 옛날에는 임금과 스승이 함께 백성을 교화하고 다스렸으므로 군사합일(君師合一)이라 했고, 천자를 직접 모시고 정치를 보필하는 대신을 태사라고 했다.

民具爾瞻(민구이첨) 백성들이 모두 그대를 우러러본다. 이(爾)는 너, 그대. 첨(瞻)은 우러러보다.

해 설

옛날의 현명한 임금은 우주 천지의 원리를 밝히고 솔선수범하여 백성을 교화시킴으로써 다스렸다. 이것이 바로 덕치(德治)다. 오늘의 정치는 법(法)을 바탕으로 하고 있으나, 이것은 옛날의 덕치에 비하면 그만큼 타락하고 후퇴한 것이다. 옛날의 덕치는 오늘의 종교적 가르침에서 엿볼 수가 있다.

옛날의 선왕이 백성들에게 밝히고 보여준 우주 천지의 원리는 하늘은 만물을 낳고 사랑하며, 땅은 하늘의 뜻과 도리를 따라 키우고 자라게 하고, 사람은 하늘과 땅 사이에서 원리를 따라 만물의 생육화성(生育化成)을 주관하여 일하게 마련이다.

즉 하늘의 사랑을 따르는 것이 바로 '선지이박애(先之

以博愛)'고, 땅의 양육의 공을 지키는 것이 바로 '진지이덕의(陳之以德義)'다. 이렇게 임금이 솔선하여 하늘의 사랑과 땅의 공을 따르는 것은 다시 말하면 천도(天道)와 지덕(地德)을 따르는 것이요, 이는 바로 도덕을 지킴이다. 임금이 솔선하여 도와 덕을 지켜 만물을 사랑하고 만물을 키우고자 하니, 자연히 백성들이 감화되어 육친을 사랑하고, 도덕심이 진작되게 마련이다.

또한 천도를 따라 하늘의 도리인 천리(天理)를 지키는 것이 예(禮)다. 즉 예는 이(理)이자 이(履, 실천)이며, '예는 반드시 하늘에 바탕을 둔 것이다.(禮, 必本於大一)' 그리고 예를 지키는 기본은 경건(敬虔)이다. 경(敬)은 하늘 앞에 숙연한 자세로 몸을 움츠린다는 뜻이며, 오만하고 건방진 것과는 반대다. 즉 하늘 앞에 자신이 미미한 존재임을 스스로 인식하고 자신을 움츠리는 것이 경이다.

임금은 높은 자리에 있다. 그러나 옛날의 현명하고 덕 있는 임금은 하늘 앞에 경건했고, 절대로 오만하지 않았으며, 동시에 모든 것을 겸양(謙讓)할 줄 알았다. 겸양은 후퇴나 무능과는 다르다. 천리 앞에 인간적인 거만과 제멋대로 하는 것을 버리고 바른 도리, 진리에 일을 맡기는 것을 겸양이라고 한다. 이때의 천리는 바로 만물을 조화 속에 모두 잘 생육화성하려는 도리다. 따라서 나만 잘살고 내 욕심만을 채우고자 하는 생각을 버리는 것도 바로 겸양에 속한다.

가장 높은 자리에 있고, 절대권력을 가진 임금이 솔선하여 이렇듯 겸양의 덕을 보이면 백성들도 감화되어 서로 겸양할 것이니, 인간사회에서 다툴 사람이 없게 될 것이다. 하늘의 도리는 만물이 서로 다투지 않고 조화 속에서 생육화성하게 되어있다.

이러한 하늘의 도리를 외면적인 표현으로 정한 것이 예(禮)이고, 내면적인 감정의 순화로 꾸민 것이 악(樂)이다. 즉 예는 생활의 예술화고, 악은 감정 세계의 순화다. 예술이나 순화는 진선미(眞善美)가 합일을 이룬 경지다. 예악으로 백성들을 외면생활에서나 내면생활에서나 예술적 경지로 순화하면 자연히 화목하게 될 것이다.

한편 현실에서 인간의 범죄를 사전에 막는 것이 바람직하다. 따라서 임금은 시비선악을 밝히고, 백성들에게 금기(禁忌)할 바를 명백하게 하여 죄를 저지르지 않게 미리 조치해야 한다.

이상이 옛날의 선왕이 이룩한 덕치 교화다. 그리고 이 덕치 교화의 핵심은 바로 효도며, 효에서 모든 선덕(善德)이 나오며, 효도는 천(天)·지(地)·인(人)을 일관하는 원리다.

제 8 효치장孝治章

8-1

공자가 말했다.

"옛날의 성명(聖明)을 갖춘 천자(天子)는 효의 원리로써 천하를 다스렸다. 따라서 작은 나라의 신하들까지도 내버리거나 모른 척하는 일 없이, 잘 보살피고 돌봐주었다. 더욱이 공(公)·후(侯)·백(伯)·자(子)·남(男) 같은 작위를 가진 공신들에게는 사랑과 경의로써 대했다. 그러므로 천하 모든 사람으로부터 환심을 얻었으며, 그들 천하 만민이 천자에게 순종하여 천하가 잘 다스려졌다.

나라를 다스리던 제후도, 홀아비나 과부 같은 미천한 사람들을 소홀히 욕되게 하지 않았다. 하물며 나라를 위해 일하는 선비나 예의를 지키는 백성들은 더욱 사랑과 공경했다. 그러므로 제후는 모든 백성의 환심을 얻어 나라가 잘 다스려졌다.

집안을 다스리던 경(卿)이나 대부(大夫)도 집안에서 가장 미천한 남자 종이나 여자 종에게도 예를 잃지 않았다. 더욱이 처나 자식에게는 사랑과 공경을 다했다. 그러므로 온 집안사람들의 환심을 얻고 부모에게 효도하였다."

子曰 昔者明王之以孝治天下也 不敢遺小國之
자 왈 석 자 명 왕 지 이 효 치 천 하 야 불 감 유 소 국 지

臣 而況於公侯伯子男乎 故得萬國之懽心 以事
신 이 황 어 공 후 백 자 남 호 고 득 만 국 지 환 심 이 사

其先王.
기 선 왕

治國者 不敢侮於鰥寡 而況於士民乎 故得百姓
치 국 자 불 감 모 어 환 과 이 황 어 사 민 호 고 득 백 성

之懽心 以事其先君.
지 환 심 이 사 기 선 군

治家者 不敢失於臣妾 而況於妻子乎 故得人之
치 가 자 불 감 실 어 신 첩 이 황 어 처 자 호 고 득 인 지

懽心 而事其親.
환 심 이 사 기 친

주

孝治(효치) 효의 도리로 다스리다. 효는 다음에 나오듯이 사랑과 공경을 바탕으로 한 것이다. 따라서 효의 도리로 다스린다는 것은 사랑과 공경으로 다스린다는 뜻이기도 하다.

昔者(석자) 옛날에. 석(昔)은 고(古)와 같다.

明王(명왕) 현종 주(注)에는 '성명한 왕(聖明之王)'이라 했고, 형병(邢昺)은 '명왕은 성왕을 일컫는다.(明王則聖王之稱也.)'라고 했다. 석자명왕은 바로 옛날의 영명한 왕이며, 이는 《효경》 제1장에서 '옛날의 임금은 지덕요도를 가지고 천하의 모든 사람을 따르게 했다.(先王有至德要道, 以順天下.)'라고 한 선왕(先王)과 같다.

以孝治天下(이효치천하) 효의 원리로써 천하를 다스림에 있어. 효는 사랑과 공경을 바탕으로 한다. 따라서 사랑과 공경으로 천하를 다스린다는 뜻과 통한다. 현종 주(注)에는 '옛날의 성명한 임금이 지덕요도로 사람을 교화시키는 것이며, 그것이 효의 원리다.(言先代聖明之王, 以至德要道化人, 是爲孝理.)'라고 했다.

不敢遺(불감유) 감히 잊고 버리지 않는다. 유(遺)는 유기(遺棄), 망기(忘棄).

小國之臣(소국지신) 작은 나라의 신하. 주(周)나라 제도로 천하의 제후를 다섯으로 나누었다. 공(公) · 후(侯)는 사방 백 리 땅을 다스리고, 백(伯)은 사방 70리 땅을, 자(子) ·

남(男)은 사방 50리 땅을, 그 이하를 소국(小國)이라 하여 적당히 다른 나라에 부용(附傭)시켰다. 나중에는 그들의 땅이 훨씬 넓어졌다. 따라서 여기서 말하는 소국지신은 이들 50리가 안 되는 작은 부용국의 군주(君主)란 뜻이기도 하다. 이들은 비록 작은 나라의 군주로 오등(五等)의 작위(爵位)에 들지는 못했으나, 천자는 이들도 인애(仁愛)로 대했고 버리거나 잊지 않았다.

況(황) 하물며, 더구나.

公侯伯子男(공후백자남) 5등(等)의 작위. 공적과 국토의 대소로 나누어진다. 형병은 다음과 같이 풀었다. '공(公)은 정(正)이며, 모든 일을 공정하게 한다는 뜻이다.(公者正也, 言正行其事.)' '후(侯)는 후(候 : 시중들 후)이며, 윗사람을 받들고 좇아 순복한다는 뜻이다.(侯者候也, 言斥候而服事.)' '백(伯)은 장(長)이며 한 나라의 장이란 뜻이다.(伯者長也, 爲一國之長也.)' '자(子)는 자(字, 慈와 같다)로 소인을 자애한다는 뜻이다.(子者字也, 言字愛於小人也.)' '남(男)은 임(任)이며 임금의 직분을 맡음이다.(男者任也, 言任王之職事也.)'

萬國之懽心(만국지환심) 만국(萬國)은 모든 나라, 많은 나라. 환(懽)은 환(歡)과 같다. 범조우(范祖禹)는 다음과 같이 풀었다. '윗사람이 예로써 아래를 대하고, 아랫사람이 예로써 위를 섬기니 사랑과 공경이 생긴다. 사랑과 공경은 천하 사람의 환심을 얻는 바당이다.(上以禮待下, 下以禮事上, 而愛敬生焉, 愛敬所以得天下之懽心也.)'

事其先王(사기선왕) 여기서 말하는 선왕은 앞에서 나온 선왕과 다르다. 즉 옛날의 현명한 성제명왕(聖帝明王)의 뜻이 아니고, 다만 죽은 선조 대의 임금의 뜻. 사(事)는 제사를 지내고 섬기다. 현종 주(注)에는 '효의 도리로 천하를 바르게 다스리면 모든 사람의 환심을 얻고, 따라서 천자가 자기 선왕의 제사를 지내면 모든 사람이 저마다 공물을 바치고, 또 저마다의 직책을 다하여 정성을 바쳐 제사를 도와준다.(行孝道以理天下, 皆得歡心, 則各以其職來助祭也.)'라고 풀었다.

治國者(치국자) 나라를 다스리는 임금. 여기서는 제후(諸侯)를 가리킨다. 정주(鄭注)에 '치국자(治國者), 제후야(諸侯也.)'라고 했다.

不敢侮(불감모) 감히 멸시하거나 소홀히 하지 않는다. 모(侮)는 모욕, 경시.

鰥寡(환과) 환(鰥)은 홀아비, 과(寡)는 과부. 형병은 다음과 같이 풀었다. '늙고 아내 없는 자를 홀아비라 하고, 늙고 남편 없는 자를 과부라 한다.(老而無妻者謂之鰥, 老而無夫者謂之寡.)' '이들은 하늘이 낳은 백성 중에서도 가장 궁핍하고 호소할 데 없는 자다.(此天民之窮而無告者也.)' '따라서 홀아비와 과부는 나라에서 가장 미천한 자다.(則知鰥夫寡婦是國之微賤者也.)'

況於士民乎(황어사민호) 하물며 선비나 평민(平民)에 대해서는 어떠하겠는가? 물론 더 잘해 줄 것이라는 뜻. 즉 천하에서 가장 미천한 홀아비나 과부에게도 인애를 베풀거늘, 하물며 예의를 갖추고 사는 선비나 일반 백성에게는 더 사랑과 공경으로 대할 것이라는 뜻.

先君(선군) 제후의 선조. 즉 제후가 자기 선조를 제사 지내면 온 나라의 백성이 와서 저마다 도와준다. 여기의 선군은 선친(先親)의 뜻으로 푼다. 군(君)에는 아버지의 뜻도 있다.

治家者(치가자) 집을 다스리는 사람. 여기의 가(家)는 가정의 뜻만이 아니라, 일가가 차지하고 있는 향읍(鄕邑)을 포함한다. 따라서 치가자는 공경(公卿) · 대부(大夫)로 풀이할 수 있다.

不敢失(불감실) 감히 실례되는 일을 하지 않는다. 실(失)은 예를 잃다.

臣妾(신첩) 신(臣)은 남자 종, 남복(男僕). 첩(妾)은 여자 종, 여비(女婢). 집에서 가장 천한 자리에 있는 사람들. 《주례(周禮)》 천관(天官) 정주(鄭注)에 '신첩, 남녀빈천지칭.(臣妾, 男女貧賤之稱.)'이라 있다.

況於妻子乎(황어처자호) 하물며 자기 아내나 자식에게는 어떠하겠는가? 아내와 자식은 한 집안에서 가장 귀중한 자리에 있다. 《예기》 애공문(哀公問)에 공자의 말이 있다. '아내는 조상에 대한 제사를 주관하는 자니 공경해야 하며, 아들은 집안을 계승하는 자니 공경해야 한다.(妻也者, 親之主也, 敢不敬與. 子也者, 親之後也, 敢不敬與.)' 이처럼 동양에서는 예로부터 아내와 아들의 위치와 가치를 존중했다.

事其親(사기친) 경이나 대부가 자기 부모를 봉양함에 있어 온 집안의 사람들이 정성과 공물(貢物)을 바쳐 거들어 준다는 뜻.

해 설

앞장에서는 옛날의 선왕이 효가 천지의 원리를 따르고, 천도(天道)와 지덕(地德) 사이에서 인간이 행하는 것이며, 아울러 모든 사람을 교화하고 모든 백성의 성정(性情)을 순화하는 것임을 밝혔다.

여기서는 효로써 다스리는 예를 천자 · 제후 및 경 · 대부로 나누어 풀었다. 즉 천자의 경우 천하를 다스리고, 제후는 나라를 다스리고, 경 · 대부는 집안을 다스린다. 이때 이들 위에 있는 자가 효의 바탕인 사랑과 공경으로 백성이나 집안 식구들을 다스리면 모든 사람의 환심을 얻어 현실적으로 잘 다스려짐은 물론, 저마다의 선조에 대한 제사를 모실 때도 모든 사람의 협조와 정성을 얻게 될 것이니, 천하나 나라나 집안이 더욱 발전하고 융성할 것임을 밝혔다.

우선 옛날의 성명(聖明)한 천자가 5등(等)에도 들지 않는 작은 나라의 군주도 버리지 않고 사랑과 공경으로 다스려 온 천하의 민심과 협조를 얻었음을 밝히고, 다음에는 제후가 한 나라에서 가장 미천한 홀아비나 과부도 인애(仁愛)로 대했으므로 백성의 환심을 얻었다고 했다.

그리고 경 · 대부는 자기 아내나 자식은 물론, 일가에서 가장 미천한 남녀 종들까지 사랑과 공경으로 대함으로써,

온 집안이 화목하고 부모 공양을 잘할 수 있게 되어 더욱 집안이 융성했다고 했다.

이렇듯 효의 원리는 확대하면 제가(齊家)·치국(治國)·평천하(平天下)의 원리다.

8-2

"무릇 이같이 했으므로, 부모는 살아서 편안하게 봉양을 받았고, 죽어서 귀신이 된 다음에는 제사로써 정중하게 모심을 받았다. 따라서 천하의 모든 사람이 일관된 효도를 통해 화목하며 평화를 누렸고, 하늘의 영혼이 땅의 사람들을 도와 재해나 환란도 일어나지 않았다.

이렇듯 옛날의 성명(聖明)한 천자가 효도로써 천하를 다스리자, 그 공덕이 너무나 위대했다.

《시경》에 있다. '천자께서 크고 높은 덕을 행하자, 사방의 나라가 순복하더라.'"

夫然 故生則親安之 祭則鬼享之 是以天下和平
부연 고생즉친안지 제즉귀향지 시이천하화평

災害不生 禍亂不作.
재해불생 화란부작

故明王之以孝治天下也 如此.
고명왕지이효치천하야 여차

詩云 有覺德行 四國順之.
시운 유각덕행 사국순지

주

夫然(부연) 부(夫)는 발어조사(發語助詞)로 별 뜻이 없다. 연(然)은 그와 같다, 여시(如是).

故(고) 그러므로. 단 사차운(史次耘)은 故를 사(事)로 풀었다. 《효경술의(孝經述義)》에서 《좌전(左傳)》의 '소백문가고(昭伯問家故)'[昭25년]를 들고 다시 두주(杜注)의 '고(故)는 사야(事也)'를 인용했다. 따라서 그는 '고생즉친안지(故生則親安之)'를 '사양기친, 즉친안심기심야(事養其親, 則親安心其心也)'라고 풀었다. 이렇게 풀 수도 있으나, 지나친 천착이다. 고는 '그러므로'의 뜻으로 풀어도 좋다.

生則親安之(생즉친안지) 살아서는 부모가 안락하게 지낸다. 즉 임금이 효도로 천하를 다스리자 모든 백성이 화락하고 순복할 뿐만 아니라 정성으로 임금을 모시고, 또 임금이 제사를 지내거나 임금이 자기 부모를 봉양할 때도 모든 백성이 거들어 주므로 임금의 부모는 살아서 더없이 안락하고, 죽어서 귀신이 되어도 제사를 잘 받는다는 뜻.

祭則鬼享之(제즉귀향지) 제사를 지내면 귀신이 잘 흠향(歆饗)하다. 향(享)은 받다, 흠향하다. 형(亨)이나 향(響)과 통한다. 제사 지낼 때 자손의 효성이 지극해야 귀신이 흠향하고, 따라서 후손에게 복을 내려준다. 제(祭)에는 여러 가지 깊은 뜻이 있으나, 그중에서도 신(神)이나 귀(鬼)에게 빌어 복을 받고자 하는 뜻과, 또 제사를 지냄으로써 사람과 신이 서로 접한다는 뜻이 있다. 즉 사신치복(事神致

福)과 인신상접(人神相接)이다. 귀(鬼)는 죽은 사람의 영혼으로, 사람이 죽으면 육신은 흙으로 돌아가고, 영혼은 하늘로 돌아간다. 따라서 鬼는 돌아갈 귀(歸)와 같은 뜻이다.

是以(시이) 이것으로써, 그렇게 함으로써. 즉 효의 핵심인 사랑과 공경으로 상하가 서로 화목하고 더 나아가서는 정성껏 선조의 영혼을 잘 모셔 복을 받음으로써.

災害不生(재해불생) 재해가 일어나지 않는다.

禍亂不作(화란부작) 화란도 일어나지 않는다. 현종 주(注)에 있다. '윗사람이 사랑과 공경을 베풀자 아랫사람이 즐겁고 만족하여 순복함으로써 부모가 살아서는 안락하고 죽어서는 제사를 잘 받으니, 모든 사람이 화목하게 살고 태평을 이룩하며, 재해나 화란이 일어날 까닭이 없다.(上敬下懽, 存安沒享, 人用和睦, 以致太平, 則災害禍亂, 無因而起.)' 다시 형병(邢昺)의 소에서 '천하의 화평은 모두가 명왕이 효의 원리로 다스린 까닭에 기인한다.(此釋天下平和, 以皆由明王孝治之所致也.)'라고 부연했다. 또 정주(鄭注)에는 다음과 같이 풀었다. '상하가 서로 원망하지 않으니 화평하고, 바람과 비나 계절이 순조로워 백곡이 잘 영글어, 재해도 발생하지 않는다. 임금은 은혜롭고, 신하는 충성되고, 아버지는 자애롭고, 아들은 효성스러우니 따라서 화란이 일어날 수가 없다.(上下無怨, 故和平, 風雨順時, 百穀成熟, 故災害不生. 君惠, 臣忠, 父慈, 子孝, 是以禍亂無緣得起也.)' 또 《예기》 예운편(禮運篇)에는 다음과 같이 있다. '아버지가 자애롭고, 아들이 효성스럽고, 형이 착하고, 아우가 공손하고, 남편이 의를 지키고, 아내가 순종하고, 선배가 은혜롭고, 후배는 공순하고, 임금이 어질고, 신하가 충성스럽다. 이상의 열 가지는 사람이 마땅히 지켜야 할 도이다. 이러한 것을 따라 모든 사람이 신의를 지키고 화목하면 이익이 되어 의(義)가 이루어진다고 하겠고, 그와 반대로 쟁탈하고 서로 죽이면 환란이라고 한다.(父慈, 子孝, 兄良, 弟悌, 夫義, 婦聽, 長惠, 幼順, 君仁, 臣忠. 十者謂之人義. 講信修睦, 謂之人利. 爭奪相殺, 謂之人患.)' 《대학(大學)》에도 있다. '윗사람이 솔선하여 어른을 잘 공경하면 백성의 효도가 저절로 진작된다.(上老老而民興孝.)' 또 《맹자》에도 있다. '모든 사람이 부모를 친애하고 연장자를 공경하면, 즉 효와 제를 지키면 천하는 화평하게 될 것이다.(人人親其親, 長其長, 而天下平.)'

詩云(시운) 《시경》 대아(大雅) 억편(抑篇)의 구절.

有覺德行(유각덕행) 각(覺)은 대(大)의 뜻. 천자가 큰 덕행을 했다. 사마광(司馬光)은 '각은 크다, 곧다이다.(覺, 大也, 直也.)'라고 풀었다. 크고 곧은 덕행이 각덕행(覺德行)이다.

四國順之(사국순지) 사방의 모든 나라가 교화되어 순복하다.

해 설

천자나 제후나 경·대부가 모든 사람에게 효의 핵심인 사랑과 공경으로 대하면 모든 백성이 만족하고 즐겁게 천자나 임금에게 순종할 뿐 아니라, 저마다 정성과 공물을 바치며, 제사 지내는 데도 거든다. 이렇게 되면 하늘에 있는 선조의 영혼도 흡족하게 흠향하고 복을 내려줄 것이니, 결국 현실적으로 온 백성이 화목하여 화평을 누릴 뿐만 아니라, 하늘과 신령의 가호를 받아 바람과 비가 조화롭고, 백곡이 풍성하여, 태평성세를 누리고, 언제까지나 재해나 화란이 없을 것이다.

이렇듯 효는 현세적인 뜻만이 아니라 제사에까지 뻗어 신인(神人)이 서로 만나고 접하여 강복(降福)을 받는 도리이기도 하다. 이러한 경지는 기독교에서 하나님을 섬겨 복을 받고 만인이 화평을 누리자는 생각과도 일치한다.

형병(邢昺)은 소(疏)에서 황간(皇侃)의 말을 인용해서 '재해(災害), 화란(禍亂)'의 뜻을 다음과 같이 설명했다. '하늘이 때를 어겨 비나 바람이 고르지 못한 것이 재(災)이고, 땅이 만물의 성장을 해쳐 장마와 가뭄으로 농사를 망치는 것이 요(妖)이고, 착한데도 반대로 재앙을 당하는 것이 화(禍)이고, 신하가 반역하는 것이 난(亂)이다.(天反時爲災, 謂風雨不節, 地反物爲妖, 妖卽害物, 謂水旱傷禾稼也. 善則逢殃爲禍, 臣下反逆爲亂也.)'

효를 지키면 재해, 화란도 없게 된다. 즉 효는 '천지경(天之經), 지지의(地之義), 인지행(人之行)'이기 때문이다. 이렇듯 효의 뜻은 크다.

제 9 성치장聖治章

9-1

증자가 말했다.

“감히 여쭈겠습니다. 성인의 덕행으로 효보다 더한 것이 없습니까?”

공자가 말했다.

“하늘과 땅 사이에 있는 모든 생물 중에서 사람이 가장 귀한 존재이고, 만물의 영장인 사람의 행동 중에 효보다 더 중대한 것이 없고, 효는 아버지를 존엄하게 여기는 것보다 더 중대한 것이 없다.

아버지에 대한 존엄은, 하늘에 제사를 지낼 때 아버지도 함께 배사(配祀)하여 흠향케 하는 것보다 더 중한 것이 없다. 그와 같이 한 사람이 바로 주공(周公)이다.

옛날에 주공이 어린 성왕(成王)을 보필하여 정사를 섭리(攝理)할 때 시조 후직(后稷)을 배향(配享)케 했다. 또 종묘(宗廟)를 제정하고 명당(明堂)에서 상제(上帝)를 모실 때도 부친 문왕(文王)을 배향케 했다. 그러므로 사해(四海)의 모든 나라 제후들이 저마다 자기 나라의 관리를 대동하고 와서 제사를 돕고 거들어 더욱 선조를 빛나게 했다. 그러니 성인의 덕행으로 효보다 더한 것이 있겠는가?"

曾子曰 敢問聖人之德 無以加於孝乎?
증자왈 감문성인지덕 무이가어효호

子曰 天地之性 人爲貴 人之行 莫大於孝 孝莫
자왈 천지지성 인위귀 인지행 막대어효 효막

大於嚴父.
대어엄부

嚴父莫大於配天 則周公其人也.
엄부막대어배천 즉주공기인야

昔者 周公郊祀 后稷以配天 宗祀文王於明堂
석자 주공교사 후직이배천 종사문왕어명당

以配上帝 是以四海之內 各以其職來祭 夫聖人
이배상제 시이사해지내 각이기직래제 부성인

之德 又何以加於孝乎?
지덕 우하이가어효호

주

聖治(성지) 싱인의 다스림, 성인이 천하를 다스리다.

敢問(감문) 감히 여쭈겠습니다. 증자가 스승인 공자에게 질문하므로 '감히'라고 했다. 이때의 감(敢)은 겸손을 나타내는 말로 청(請)과 비슷하다.

聖人之德(성인지덕) 성인의 덕행.

無以加於孝乎(무이가어효호) 효보다 더한 것이 없습니까? 가(加)는 더하다, 또는 크다[大], 위[上]의 뜻. 앞에서 옛날의 명왕(明王)이 '천지경(天之經), 지지의(地之義), 인지행(人之行)'인 효를 가지고 천하를 다스리자 천하가 화평하고, 만민이 화목하고, 재해나 화란도 일어나지 않았다고 했으므로, '그렇다면 성인이 지켜야 할 덕행으로 그 이상의 것이 없겠군요?'라고 물었다.

天地之性 人爲貴(천지지성 인위귀) 성(性)은 생(生)이다. 천지 사이에 있는 모든 생물 중에서 사람이 가장 귀중하다. 《예기》 제의편(祭義篇)에 있다. '하늘이 낳고 땅이 키운 것 중에서 사람보다 위대한 것이 없다.(天之所生, 地之所養, 無人爲大.)' 정주(鄭注)에는 '만물과 다르므로 귀하다.(貴其異於萬物也.)'라고 했고, 《예기》 예운편(禮運篇)에는 '사람은 오행의 빼어난 기로 되었다.(人者五行之秀氣也.)' 라고 했으며, 또 《상서(尚書)》에 있다. '천지는 만물의 부

모고, 사람은 만물의 영특한 존재다.(惟天地萬物父母, 惟人萬物靈.)'

人之行 莫大於孝(인지행 막대어효) 사람의 행위 중에서 효보다 더 중대한 것이 없다. 정주(鄭注)에는 '효는 덕의 기본이다.(孝者, 德之本也.)'라고 했고, 《관자(管子)》 형세편(形勢篇)에도 '효는 자식으로서 아버지를 모시는 최고의 행위다.(孝者, 子父之高行也.)'라고 했다. 《한서(漢書)》 두주전(杜周傳)에는 '효는 사람이 가장 앞세워야 할 행동이다.(孝, 人行所先也.)'라고 했으며, 《후한서(後漢書)》 강혁전(江革傳)에는 '효는 모든 행동의 으뜸이고, 모든 선행의 시작이다.(夫孝者, 百行之冠, 衆善之始也.)'라고 했다. 또 《대대례(大戴禮)》 증자대효편(曾子大孝篇)에 있다. '효는 아래위로는 천지를 덮어 가리고, 넓이로는 사해에 펼쳐지고, 후세까지 이어져 아침저녁 없이 실천할 것이다.(夫孝, 置之而塞於天地, 溥之而橫乎四海, 施諸後世而無朝夕.)'

孝莫大於嚴父(효막대어엄부) 효는 아버지를 존엄하게 모시는 것보다 더 큰 것이 없다. 부(父)는 부모를 대표한 말로 풀어도 좋다. 엄(嚴)은 존경하다, 존엄하게 모시다. 현종주(注)에 있다. '만물은 건(乾)에서 비롯하고, 인간의 윤리에서는 아버지를 하늘로 친다. 따라서 아버지를 존엄하게 모시는 것보다 더 큰 효는 없다.(萬物資始於乾, 人倫資父爲天, 故孝行之大, 莫過尊嚴其父也.)' 왜 아버지를 하늘같이 존엄하게 모셔야 하나? 하늘이 만물의 근원이듯 부모는 나의 근원이다. 그중에도 아버지는 건(乾, 天)이기 때문이다. 동양의 음양설(陰陽說)을 낡은 것으로 가치가 없다고 하나, 자연과학에서 말하는 만물의 십(十)·일(一)의 작용을 생각하면 그 진리를 인정할 수 있을 것이다.

嚴父莫大於配天(엄부막대어배천) 아버지를 존엄하게 모심에 있어, 하늘에 제사 지낼 때 아버지를 함께 모시는 일보다 더 중대한 일이 없다. 자식에게 아버지는 하늘 같은 존재다. 따라서 아버지를 가장 존중하는 길은 하늘 모시듯 하는 것이다.

則周公其人也(즉주공기인야) 하늘과 함께 아버지를 모신 사람이 바로 주공(周公)이었다. 주공은 성은 희(姬), 이름은 단(旦)으로, 문왕(文王)의 아들이며, 무왕(武王)의 동생이다. 무왕이 죽자, 어린 성왕(成王)을 보좌했고, 주나라의 문물제도를 창제하여 주나라와 주례(周禮)의 기틀을 잡았다. 주공이 처음으로 하늘을 모시는 교제(郊祭)에 자기의 선조 후직(后稷)이나 아버지 문왕을 배향했다. 아버지를 하늘 모시듯 배향한다는 것은 아버지를 존경하는 데 있어 최고며, 효의 극치고, 아울러 아버지를 거쳐 하늘에 돌아가자는 보본반시(報本反始)의 일관된 도리기도 하다.

郊祀(교사) 도읍(都邑) 교외에서 하늘에 제사 드리는 것을 말하며, 특히 하늘 제사를 지내는 둥근 언덕[圓丘]을 교(郊)라고 한다. 원칙적으로 하늘에 제사 지내는 사람은 천자이며, 동지(冬至)에는 남교(南郊)에서, 하지(夏至)에는 북교(北郊)에서 제사 드린다. 이렇게 교(郊)에서 하늘에 제사 지내는 제도도 주공이 처음 창제하였다.

后稷(후직) 주나라의 시조(始祖). 《주본기(周本紀)》에 대략 다음과 같이 있다. 후직의 이름은 기(棄)로, 어머니 강원

(姜嫄)은 원래 제곡(帝嚳)의 비였는데, 들에 나가 거인(巨人)의 발자국을 밟고 잉태하여 낳은 아이가 기라 한다. 강원은 이를 언짢게 여겨 내버렸는데, 동물이나 사람들이 그를 보호하고 키웠으며, 성장하자 농사일을 잘하게 되었다. 이에 기는 제요(帝堯) 밑에서 농사(農師)가 되어 공을 세웠고, 또 제순(帝舜)은 기를 태(邰)에 봉하고 후직으로 삼고 백성들에게 농업을 가르치게 했다. 그 후 기의 증손 공류(公劉)도 역시 농업으로 이름이 높았으며, 15세(世) 왕계(王季)가 문왕을 낳았고, 문왕이 주나라의 기틀을 잡았으며, 무왕이 은(殷)나라 주(紂)를 쳐서 천하를 바로잡았다. 이러한 주의 시조 후직을 주공이 처음으로 하늘에 제사 지낼 때 배향했다. 《중용(中庸)》에 있다. '무왕이 아직 천명을 받지 못했을 때, 주공은 문무의 덕을 갖추었고, 시조 후직과 왕계를 왕으로서 추념했고, 문왕을 높여 제사를 지냄으로써 천하의 예의 본보기를 정했다. 그로부터 이러한 예를 모든 제후나 대부 및 사나 서인들도 따르게 되었다.(武王未受命, 周公成文武之德, 追王太王王季, 上祀先公, 以天下之禮. 斯禮也, 達乎諸侯大夫及士庶人.)'

宗祀文王於明堂(종사문왕어명당) 문왕을 명당에서 높이 제사 지내다. 종(宗)은 존(尊)으로 높이다. 문왕은 주 무왕의 아버지로 덕치로써 민심을 얻어 주나라의 기틀을 잡은 성왕(聖王). 명당은 천자의 태묘(太廟)로 정교(政教)를 베푸는 곳이다. 이곳에서 상제(上帝), 즉 하늘을 모시고 아울러 선조도 제사 지내고, 또 제후들과도 만나 정교(政教)를 내리는 등 나라의 큰 전례[典教]를 행했다. 《예기》 교특생(郊特牲)에 있다. '만물은 하늘에서 근본하고, 사람은 선조에서 근본한다. 따라서 선조를 상제와 함께 제사 지낸다.(萬物本乎天, 人本乎祖, 此所以配上帝也.)'

四海之內(사해지내) 사방에 있는 모든 나라나 제후들.

各以其職來祭(각이기직래제) 직(職)은 관직, 직책 및 일[事]. 즉 모든 나라의 제후가 자기가 할 수 있는 정성을 다하여 제사를 도왔다. 실제로는 각자가 자기 밑에 있는 관리를 대동하고 와서 돕고, 또 자기 나라의 특산품을 공물(貢物)로 바쳤다.

해 설

앞에서 효는 천지인(天地人)을 일관하는 최고의 원리이며 도덕 규범이라 했고, 또 효를 지키면 천하가 화평하게 되고, 재화나 화란도 일어나지 않는다고 말했다. 이에 증자는 "그렇다면 성인의 덕행으로 효보다 더한 것이 없겠군요?"라고 물었다. 이에 대하여 공자의 대답 역시 "그렇다. 효보다 더한 덕이 있을 수 없다." 하고 중국에서 가장 이상으로 여기는 주나라의 예를 들었다.

즉 주나라의 모든 문물제도의 터전을 만든 주공(周公)이 처음으로 자기의 시조(始祖)와 선조 및 선친을 하늘 제사를 지낼 때 함께 배열하여 모시고 배향케 했으니, 효의 최고라 할 수 있고, 그렇듯이 자기 선조나 선친에 대한 지극한 효성이 마침내는 주나라를 번성케 했음은 물론 모든 제후가 감화되어 제사를 거들었으니, 주나라는 천하를 화평하게 다스릴 수 있었음을 밝혔다.

사람은 천지 만물 중에서 가장 영(靈)한 존재다. 무엇을 가지고 영하다고 하나? 그것은 효행을 할 수 있기 때문이다. 효는 앞에서도 말했듯이 만물을 창조하고 발전시키는 하늘과 땅의 원리, 즉 도와 덕을 따라서 인간이 행하는 윤리의 바탕이다. 만물은 영원한 시간과 끝없는 공간 위에서 쉬지 않고 창조되고 발전한다. 인간도 영원한 시간과 끝없는 공간 세계에서 전체적 창조와 발전을 할 수가 있다.

나만을 내세우는 개인주의는 영원한 시간과 넓은 전체적 공간을 망각하고, 시간적으로나 공간적으로 한순간과 한 장소만을 생각하는 처사로, 있을 수 없는 것을 있는 것같이 착각하고 있다. 이 세상에 그 어떤 사람이 과거와 미래에서 단절되고, 또 넓은 전체적 사회에서 떨어져 살 수 있을까? 그런 사람은 아무도 없다. 그러므로 우리는 어디까지나 영원한 시간과 끝없는 공간적 존재이며, 따라서 시간과 공간의 원리, 즉 우주의 원리를 따라 살아야 한다.

효는 바로 우주의 원리를 따르는 것이고, 만물 중에 오직 인간만이 지킬 수 있다. 그러므로 사람을 만물의 영장이라고 한다. 왜 우주의 원리를 따르는 근원적 핵심을 효에서 찾았을까?

만물은 하늘에서 나오고, 나는 부모에게서 태어났다. 따라서 나는 이 세상에서 가장 먼저 관계를 맺는 것이 부모, 대표해서 아버지다. 그러므로 아버지는 내 생명의 근원이다. 생명의 근원이라는 점에서 아버지와 하늘이 통하고, 가장 먼저 관계를 맺은 사람이라는 면에서 '인간의 사랑에 의한 협동, 즉 인(仁))'의 시발자다.

따라서 효를 인의 바탕으로 보는 것이다. 아버지와 내가 가장 먼저 관계 맺어졌으므로, 이들 둘이 서로 사랑하고 협동하는 것이 효이고, 이 효를 뻗어 인류 전체에 펼치는 것이 인류애인 인(仁)이다. 다시 말하면 인류애는 효라고 하는 씨에서 자라나는 것이다. 씨 없는 열매를 기대할 수 없듯이, 효 없는 인류애는 기대할 수가 없다.

또 동양의 예(禮)는 이(理)다. 이(理)는 엄격한 천리(天理) 질서의 뜻이기도 하다. 천리에 있어 질서는 엄격히 지켜야 한다. 그중 하나가 시간적 질서다. 과거는 현재보다 앞에 있으므로 현재는 과거를 따라야 한다. 아버지와 자식 사이에서 자식이 아버지를 따르는 것이 천리다. 아버지가 자식을 따르는 것은, 과거가 현재를 따르듯이 사리에 어긋나는 이치다.

단 오해가 있어서는 안 된다. 천리는 하늘의 진리다. 하늘은 언제나 창조하고 발전하며, 그 진리도 언제나 창조와 발전을 위한 것이다. 따라서 아들이 아버지를 따르라는 뜻은 어제까지의 창조와 발전의 진리를 따르라는 뜻이 된다. 효는 계지술사(繼志述事)다. 아버지의 이상을 계승하고 더욱 창조적 발전을 이룩하는 것이다.

이러한 깊은 뜻을 알지 못하고 효는 무조건 낡고 무가치한 것, 후퇴하고 진부한 것, 죽은 것을 답습하고 따르라는 발전적이지 않은 도덕을 강요한다며 반대하는 것은 큰 잘못이다. 동양의 전통사상, 윤리도덕의 깊은 뜻을 잘 이해하기 바란다. 특히 주공이 아버지를 존경하여, 효도의 극치를 하늘 제사에 배향한 점은 주목할 만하다.

아버지 존경, 효도는 인간 윤리의 차원이다. 그러나 하늘 제사에 아버지를 함께 제사했다는 것은 두 가지 뜻이 있다. 하나는 아버지를 만물의 근원인 하늘과 동일시하고 그만큼 최고로 높였다는 뜻이다. 그러나 그보다 더 중요한 한 가지가 있다. 인간적 윤리를 하늘의 도리와 일치시키고, 현상세계를 신령세계에 일치시켰다는 점이다. 인도(人道)와 천도(天道)의 합일은 천리를 따른다는 뜻만이 아니라 현세에 사는 우리가 육신을 초월한 초현세적 영혼과 일치한다는 뜻이기도 하다.

후세의 유학에서는 신령(神靈)보다도 인륜을 중시하고, 현세적 실천 철학에 중점을 두었으나, 고대 중국에서는 신령 세계를 하늘에서 찾았다. 주나라에서도 효를 신령

세계까지 뻗었고, 그것을 하늘과 일치시켰으므로 위대하고 이상적인 주나라를 이룩할 수가 있었다. 왕충(王充)은 《논형(論衡)》에서 공자의 말을 인용한 바 있다. '효제가 지극하면 신명에 통한다.(孝弟之至, 通於神明.)'

9-2

"자식이 부모를 친애하고 효도하려는 마음은 부모 슬하에서 부모로부터 사랑과 양육 받을 때부터 나타나고, 자식이 성장하여 부모를 봉양하게 됨에 따라 날로 부모를 존엄하게 여기게 된다.
성인은 이렇듯 부모에 대한 존엄을 바탕으로 모든 사람에게 공경심을 가르치고, 부모를 친애하는 마음을 바탕으로 모든 사람에 대한 사랑을 가르친다.
그러므로 성인의 가르침은 무리하게 속박하지 않고도 스스로 이루어지고, 또 성인의 다스림은 엄격하게 형벌로 속박하지 않고도 잘 다스려지게 마련이다. 성인의 교화나 다스림의 바탕이 바로 인간의 본성에 두고 있기 때문이다."

故親生之膝下 以養父母日嚴.
고 친 생 지 슬 하　이 양 부 모 일 엄

聖人因嚴以教敬 因親以教愛.
성 인 인 엄 이 교 경　인 친 이 교 애

聖人之教 不肅而成 其政不嚴而治 其所因者
성 인 지 교　불 숙 이 성　기 정 불 엄 이 치　기 소 인 자

本也.
본 야

주

故(고) 원래는 '그러므로'의 뜻이지만 여기서는 별 뜻이 없고, 오직 앞 문장을 받아서 말을 계속하는 어조사 정도로 보면 된다. 동사로 '섬기다'로 풀 수도 있으나 적절하지 않다.

親(친) 여기서는 명사로, '부모에 대한 사랑과 존경'을 말한다. 효는 육친애를 바탕으로 한 것이므로 사랑과 효의 뜻을 겸해서 친(親)이라 했다.

生之膝下(생지슬하) 부모에 대한 사랑과 존경, 즉 효심은 부모 슬하에서부터 생긴다. 자식을 낳고 애지중지하여 키우고 가르치는 부모의 은애(恩愛)에서 자식의 부모에 대한 효심이 나타나게 마련이다. 그러므로 사람을 만물의 영장이라고 한다. 동물도 어미가 새끼를 키우고 아낀다. 그러나 동물은 성장한 후의 새끼가 어미를 알아보지 못하고, 또 어미를 되사랑할 줄 모른다. 즉 동물에게는 새끼가 어미에게 효도할 줄 모른다. 그러기에 동물에게는 문화적 계승이 없다. 오직 인간만이 효를 지키고, 따라서 문화의 계승·발전이 있는 것이다.

以養父母(이양부모) 그러고 나서 부모를 봉양하다.

日嚴(일엄) 나날이 부모에 대한 존경심이 높아진다는 뜻.

聖人因嚴以教敬(성인인엄이교경) 성인은 어려서부터 키워진

부모를 존엄하게 섬기겠다는 효심을 바탕으로 그것을 계발하여 모든 사람에 대한 공경심을 가르친다.

因親以敎愛(인친이교애) 부모를 사랑하는 효심을 바탕으로 그것을 계발하여 모든 사람에 대한 사랑의 마음을 가르친다. 앞에서는 엄(嚴)을 바탕으로 공경을 계발한다고 했고, 여기에서는 친(親)을 바탕으로 사랑을 계발한다고 했으나, 嚴이나 親은 모두 효에서 나오는 것이다.

聖人之敎 不肅而成(성인지교 불숙이성) 성인이 모든 사람을 교화함에 있어 억지로 구속하거나 엄숙하게 강요하지 않고 스스로 교화가 된다는 뜻. 즉 성인은 인간이 어려서 부모 슬하에서 터득한 효심을 바탕으로 윗사람에 대한 존경심을 키우고, 또 남에 대한 사랑을 키우므로, 그 교화가 자연스럽게 이루어진다. 이때의 사랑은 인(仁)의 바탕이고, 존경은 의(義)의 바탕이다. 따라서 인의의 교화가 인간의 존귀한 본성을 바탕으로 자연스럽게 이루어진다는 뜻이 된다.

其政 不嚴而治(기정 불엄이치) 성인의 덕치도 형벌 같은 엄벌주의를 쓰지 않고도 잘 다스려진다. 즉 효는 '천지경(天之經), 지지의(地之義), 인지행(人之行)'이며, 또 효심인 사랑과 공경을 바탕으로 정치를 하므로 형벌을 쓰지 않고도 덕치가 이루어진다. 정주(鄭注)에 있다. '성인은 인간의 본성을 바탕으로 백성을 교화하므로, 백성이 즐겁게 따른다. 따라서 엄숙하게 하지 않아도 성과를 거둔다. 또 몸을 바르게 가지고서 다스리면 엄한 명을 내리지 않아도 덕의 감화로 잘 다스려진다. 따라서 엄하게 하지 않아도

덕치가 이루어진다.(聖人因人情而教民, 民皆樂之, 故不肅而成也. 其身正不令而行, 故不嚴而治也.)' 또 현종 주(注)에 있다. '성인은 모든 사람의 마음을 따라 사랑과 공경을 행하게 하고, 또 예를 제정하여 정교를 시행하므로 엄숙하게 하지 않고도 모든 도리를 이룩할 수가 있다.(聖人順群心以行愛敬, 制禮則以施政教, 亦不待嚴肅而成理也.)' 《효경》 제7장에도 '그러므로 온 나라를 엄숙하게 조이지 않아도 스스로 교화될 것이고, 온 천하는 엄격하게 조이지 않아도 잘 다스려질 것이다.(是以其教不肅而成, 其政不嚴而治.)'라고 있다. 《논어》 위정편(爲政篇)에 '덕으로써 인도하고, 예로써 다스리면, 수치심도 있고 감화도 받게 된다.(道之以德, 齊之以禮, 有恥且格.)'라고 한 뜻과 같은 경지다.

其所因者 本也(기소인자 본야) 바탕으로 삼는 바가 인간의 본성이다. 성인은 백성을 교화하거나 덕치를 베풀거나 효심, 즉 사랑과 공경을 바탕으로 한다. 그리고 효심은 인간의 본성에서 나오는 것이다. 따라서 '불숙이성(不肅而成)' '불엄이치(不嚴而治)'한다. 정주(鄭注)에는 '본자, 효야.(本者, 孝也.)'라고 있고, 《효경》 제1장에도 '부효, 덕지본야.(夫孝, 德之本也.)'라고 했다.

해설

제5장 사장(士章)에서 '어머니에게는 사랑을 기울이고, 임금에게는 공경을 드리며, 사랑과 공경을 겸한 분이 아

버지다.(故母取其愛, 而君取其敬, 兼之者父也.)'라고 했다. 효에는 사랑과 공경이 있다. 그리고 이 사랑을 뻗으면 인류애[仁愛]가 되고, 공경을 뻗으면 충의(忠義)가 된다.

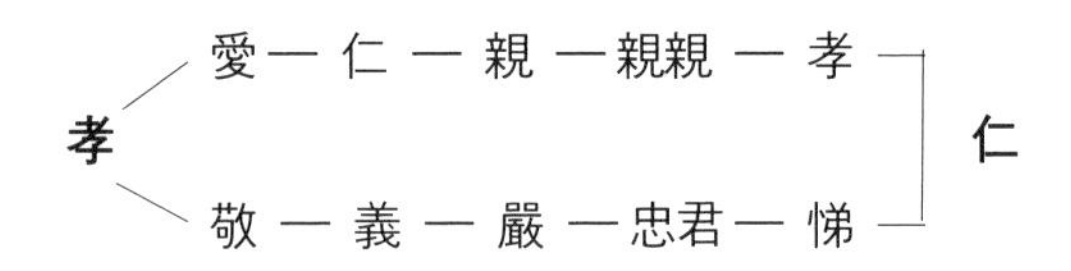

유가에서 말하는 최고의 도덕 인(仁)은 사랑과 공경이며, 이는 바로 효와 제(悌)이며, 이를 다시 효심으로 귀일할 수가 있으며, 따라서 인(仁)을 바로 효라고 할 수가 있다.

이러한 효나 인은 인간의 본성에서 우러나오는 것이다. 특히 맹자는 사단설(四端說)을 바탕으로 성선설(性善說)을 주장했다. 따라서 여기서 '친, 생지슬하(親, 生之膝下)'라고 했다. 즉 효는 사랑과 공경하는 마음, 또는 육친애는 부모 슬하에서 나타난다고 했다.

친(親)은 육친애이자, 사랑이자, 공경이자, 효성이다. 이러한 사랑이 슬하에서 나온다고 했다. 부모가 자식을 낳고 온갖 정성을 다해 양육하는 은애를 받고 자라는 동안, 자식은 본성적으로 사랑과 공경을 알게 되고, 또 부모를 사랑하고 공경할 줄도 알게 된다. 이렇게 사랑을 받고 다시 사랑을 되돌려 주는 수수(授受) 작용은 우주의 원리일 뿐만 아니라, 특히 인류의 존귀하고 뛰어난 특성이며, 자식이 부모에게 효도할 줄 안다는 점에서 인류의 문화가 계승되고 축적되고, 다시 그것을 바탕으로 창조와 발전할 수 있는 것이다.

만약 자식이 부모로부터 은애를 받기만 하고 되돌려 갚을 줄 모르면 이는 '주고받는(give and take)' 원리에도 어긋나고, 동물과 다름이 없다. 동물은 어미가 새끼를 낳고 키우기만 하고, 새끼는 어미에게 은혜를 되돌려 갚지도 못하고, 어미의 이상이나 사업을 계승하지도 못한다. 그러므로 동물 세계에는 문화가 없다.

효는 보본반시(報本反始)와 계지술사(繼志述事)가 중요한 요인으로 되어있다. 이러한 효는 부모 품에서 사랑을 받고 자라는 어릴 때부터 본성적으로 나타나게 마련이다.

이러한 인간의 본연의 심정, 즉 효심에서 우러나오는 부모에 대한 존경과 육친애를 바탕으로, 이를 계발하여 모든 사람을 사랑하고 공경하는 교화로 발전하고, 다시 이를 확대하여 다스리면 바로 인의(人義)의 덕치가 이루어질 것이다.

따라서 왕도덕치의 바탕을 크게는 효, 작게는 효와 제(悌)에 두고, 그것이 바로 인(仁)이라 할 수 있다.

9-3

"아버지와 자식의 도리는 하늘로부터 부여된 성리(性理)이며, 그 속에는 임금과 신하의 의리(義理)도 포함되어 있다.
부모가 자식을 낳아 집안을 계승하는 것은 더없이 중대한 일이다. 아버지는 엄한 임금이자 자애로운 육친으로 임한다. 아버지의 은애(恩愛)는 더없이 두텁고 막중하다.
그러므로 부모를 사랑하지 않으면서 남을 사랑하는 것을 패덕(悖德)이라 하고, 부모를 공경하지 않으면서 남을 공경하는 것을 패례(悖禮)라고 한다."

父子之道 天性也 君臣之義也.
부 자 지 도 천 성 야 군 신 지 의 야

父母生之 續莫大焉 君親臨之 厚莫重焉.
부 모 생 지 속 막 대 언 군 친 림 지 후 막 중 언

故不愛其親 而愛他人者 謂之悖德 不敬其親
고 불 애 기 친 이 애 타 인 자 위 지 패 덕 불 경 기 친

而敬他人者 謂之悖禮.
이 경 타 인 자 위 지 패 례

주

父子之道 天性也(부자지도 천성야) 아버지와 자식의 도리는 하늘이 인간의 본성 속에 준 것이다. '부자지도'는 쌍무적(雙務的)이다. 부모는 자식을 자애로써 양육하고, 자식은 부모를 사랑과 존경으로 봉양하는 것이 부자가 서로 지킬 도리이다. '천성'은 하늘이 선천적으로 부여한 성리(性理)의 뜻. 《중용(中庸)》에 있다. '하늘이 부여해 준 것이 본성인 이(理)며, 본성인 이를 인도하는 것이 도(道)다.(天命之謂性, 率性之謂道.)' 아버지와 자식 사이에 서로 사랑을 주고받는 것은 천성(天性)이며, 여기서 바로 오륜(五倫)도 나타나게 마련이다. 앞에서 성인이 효심인 사랑과 공경을 바탕으로 모든 교화를 이룩한다고 했다. 결국 자연적으로 우러난 효가 모든 덕의 기본이다.

君臣之義(군신지의) 부자의 도에서 임금과 신하 간의 의리도 나오게 마련이다. 아버지는 존엄한 임금과 같다. 따라서 아버지를 엄군(嚴君)이라고도 한다. 그리고 아버지를 존엄하게 모시는 아들의 효심은 그대로 임금에 대한 충성심에 통한다. 아버지를 사랑과 공경으로 섬기는 효는 그대로 충(忠)에 통하고, 따라서 충신(忠臣)은 반드시 효문(孝門)에서 나오게 마련이다.

父母生之 續莫大焉(부모생지 속막대언) 부모가 자식을 낳아 선조로부터 후손으로 면면히 이어지는 혈통이나 가문을 계승하게 한다. 집안을 계승한다는 것은 가장 중대한 일

이다. 속(續)은 계승하고 후손에게 전한다는 뜻. 면면히 대를 이어 나간다는 것은 매우 중요하다. 대를 이어 나가지 못하면 그 집안이 단절된다. 만약 모든 사람이 대를 끊는다면 인류도 단절되고 만다. 가문의 계승을 중요시하는 동양의 전통은 깊은 뜻에서 나온 것이다. 계승하고 다시 후세에 전하는 것은 육체만이 아니다. 선조나 집안의 이상과 사업도 계승하고 더욱 발전시켜야 한다. 《중용》에 있다. '무릇 효는 어른의 훌륭한 사업을 발전시키고, 뜻을 계승하는 것이다.(夫孝, 善述人之事, 善繼人之志矣.)' 《효경》의 현종 주(注)에 있다. '부모가 자식을 낳아 몸을 전하여 계승하게 하는 것은 인륜의 도리로서 이보다 더 큰 것이 없다.(父母生子, 傳體相續, 人倫之道, 莫大於斯.)' 정주(鄭注)는 '부모가 낳아 골육이 서로 이어지니 더한 것이 무엇이랴?(父母生之, 骨肉相連屬, 復何加焉.)'라고 했다. 맹자도 '불효에 세 가지가 있는데, 뒤이을 자손 없음이 가장 큰 것이다.(不孝有三, 無後爲大.)'라고 했다.

君親臨之(군친림지) 부모가 지극한 사랑과 존엄한 의리로써 자식을 양육하다. 군(君)은 아버지 및 임금 같은 존엄한 도의(道義)나 의리(義理)의 뜻. 친(親)은 어머니 및 육친애, 사랑의 뜻. 부모가 자식을 사랑과 도의로써 양육하듯, 자식도 부모를 사랑과 공경으로 모셔야 한다. 이것이 효며, 효는 사랑과 공경이 핵심이다. 아버지를 군(君)이라고도 한다.

厚莫重焉(후막중언) 부모의 두터운 은애(恩愛)와 덕의(德義)가 더없이 크다. 중(重)은 대(大)의 뜻.

不愛其親 而愛他人(불애기친 이애타인) 부모를 사랑하지 않고 남을 사랑하다.

悖德(패덕) 덕에 역행하다. 패(悖)는 역(逆). 덕(德)은 덕례(德禮), 도덕의 이치, 예는 도리이자 질서. 내가 이 세상에서 가장 먼저 관계를 맺는 사람은 부모며, 또 나를 낳고 양육한 사람도 부모다. 따라서 부모를 먼저 사랑하고 공경하는 것이 예의 질서에 맞는다. 자연과학에서는 자연의 법칙, 즉 도리와 질서를 어기면 아무것도 되지 않는다. 그러므로 인륜에서도 도리와 질서를 엄격히 지켜야 한다.

悖禮(패례) 예에 어긋나다.

해 설

사람을 만물의 영장(靈長)이라고 하는 까닭은 바로 부자지도(父子之道)에 있으며, 이 부자지도가 바로 효도 즉, 효의 원리다.

부자지도는 한마디로 아버지와 자식간의 사랑에 의한 협동이며, 이는 바로 인(仁)이다. 부모가 자식을 낳고 온갖 정성과 사랑을 기울여 키우고 가르친다. 이것을 본능이라고도 할 수 있으며, 이러한 일은 동물에서도 볼 수 있다.

그러나 사람과 동물이 다른 점은 무엇인가? 사람에게는 면면히 흐르는 전통의식과 역사의식이 있다. 아버지가 선조로부터 이어받은 혈통과 가문을 자식에게 물려준다는 의식과 함께, 자식이 나보다 더 빛나기를 바라는 발전적 가치의식이 있다. 물론 부모의 사랑이나 정성은 얄팍한 공리적 타산을 초월한 것임은 말할 필요도 없다.

한편 자식은 어려서부터 부모 슬하에서 정성과 사랑을 받으며 자라는 동안, 부모에 대한 사랑과 공경심도 자라게 마련이며, 교육을 받으면서부터는 선조 · 전통 · 역사 · 혈통 · 가문에 대한 의식을 가지게 되며, 또 자기가 후세에 빛나는 전달자임을 자각하게 된다. 이것이 동물과 다른 점이고, 이것으로 인류만이 역사와 문화를 가질 수 있고, 또 전통 위에 새로운 창조 · 발전할 수가 있다.

다시 말해서 부자지도(父子之道)는 인간이 천성으로 지닌 사랑의 협동적 발전의 원리며, 이것이 바로 효의 원리다. 효야말로 인류가 사랑으로 발전하는 근원적 원리다.

아버지와 아들 관계는 크게 두 가지 면에서 풀 수가 있다. 하나는 육친애를 바탕으로 한 사랑의 관계이며, 부자간에 서로 주고받는 사랑을 뻗고 확대하면 인류애가 된다. 또 다른 하나는 세대를 바탕으로 한 질서의 관계이다. 즉 아버지는 앞의 세대로, 앞섰던 역사의 주인공이요, 아들은 뒤따라오는 역사의 계승자이다. 이때 현재나 미래가 과거를 절대로 되돌려 놓을 수 없듯이, 자식도 아버지를 절대로 되돌릴 수가 없다. 이는 시간적 질서의 절대 진리이다. 또 역사적 사실이 현재나 미래에 대하여 절대적 가치를 지니고 있듯이, 아버지도 자식에게 기성세대의 역사적 사실과 권위로 임하게 된다.

말하자면 역사적 사실이나 권위는 영원한 흐름에서 볼 때 정상적이라고 할 수 있는 발전과정에서 말하는 것이다. 앞에 있는 사실이나 세대가 순간적으로 잘못된 경우를 말하는 것은 아니다. 여기서는 원리를 논하는 것이므로 일시적으로 잘못되거나 뒤틀린 현상을 가지고 궤변적인 공박을 해서는 안 된다.

즉 아버지가 잘못해도 자식은 무조건 아버지의 권위나 위치를 인정하고 따르라는 것이 아니다. 《효경》에도 아버지가 잘못한 경우에 자식은 의(義)를 따라 간해 올리라고 했다.

이렇듯 아버지와 아들 사이에는 사랑[仁]과 의(義)가 있다. 따라서 부자지도(父子之道)는 군신지의(君臣之義)에 통하고, 효와 충(忠), 사랑과 공경, 인(仁)과 의(義)가 일관된 효에서 나오는 것을 알 수 있다.

효는 인의 바탕이며, 인(仁)에 통한다. 인은 여러 번 강조했듯이 사랑에 의한 협동이며, 인류의 발전은 바로 이러한 '사랑의 협동'에서 얻어진 것이다. 협동은 시간적·공간적이다. 시간적 협동은 과거·현재·미래를 통한 것이고, 공간적 협동은 세계 만민을 하나의 형제로 묶는 평화 위에 이루어진 것이다. 이러한 인도 효에서 나오는 것이다.

여기서 우리는 《대학》에서 말하는 전후본말(前後本末), 즉 질서를 밝혀야 한다. 자연과학에서 전후본말이 바뀌거나 질서가 흐트러지면 어떻게 될까? 아무것도 이루지 못함을 알 수 있을 것이다. 인간의 윤리도 마찬가지다.

이 세상에서 나를 중심으로 한 인간관계에서 가장 중하고, 가까운 관계는 부모와 자식이다. 나는 바로 부모에게서 태어났으므로 부모는 나의 근본이다. 또 부모는 나에게 가장 가까운 사람이고, 나를 양육했으므로, 가장 먼저 감사하고 공양해야 한다. 따라서 인륜의 질서에서 모든 사람보다도 우선 부모를 사랑하고 공경하는 것이 예며, 천리(天理)며, 하늘의 질서라고 할 수 있다. 그러므로 '부모를 제쳐놓고 남을 사랑하고 공경하는 것을 패덕 · 패례'라고 했다.

다음으로 효에 있어서 계승과 후손을 전하는 것을 가장 중요하게 여긴다. 인류는 이어져야 하며, 이어지는 데서 발전도 있다. 《주역(周易)》에서는 '낳고 또 낳는 것을 역이라 한다.(生生之謂易)'라고 했다. 끝없는 삶의 계승 발전, 즉 '생생불이(生生不已)'는 천도(天道)이며, 그 가운데 창조와 발전이 이루어진다. 이러한 까닭으로 맹자는 '후손 없는 것이 가장 큰 불효다.'라고 했다.

9-4

"〔패덕과 패례는〕 순리(順理)대로 천하를 순복시킬 효도를 역행하는 처사며, 따라서 모든 백성이 법도로 삼고 따를 수가 없다. 착한 효도가 아니고, 오직 나쁜 행동으로 설사 얻는 바가 있다 하더라도 참된 군자는 귀중하게 여기지 않다.

군자는 그렇게 하지 않는다. 말이 도에 맞고, 행하는 바가 남을 기쁘게 하고, 또 덕을 세우고 의를 행함에 있어 존경을 받을 만하고, 모든 일을 처리하는 데 있어 백성들의 본이 될 수 있게 하고, 용모와 의표도 남들이 우러러보게 하고, 진퇴도 모든 사람의 모범이 되게 한다. 이 같은 태도로 백성에게 임하고 다스리므로, 백성이 존경하고 애모하고 모범으로 삼고 따른다.

따라서 백성에게 덕치 교화를 이룩할 수가 있고, 바른 다스림과 교령을 밀고 나갈 수가 있다.

《시경》에 있다. '선량한 군자로다! 그의 위의(威儀)가 잘못이 없다.'"

以順則逆 民無則焉 不在於善 而皆在於凶德
이순즉역 민무칙언 부재어선 이개재어흉덕

雖得之 君子不貴也.
수득지 군자불귀야

君子則不然 言思可道 行思可樂 德義可尊 作
군자즉불연 언사가도 행사가락 덕의가존 작

事可法 容止可觀 進退可度 以臨其民 是以其
사가법 용지가관 진퇴가도 이림기민 시이기

民畏而愛之 則而象之.
민외이애지 칙이상지

故能成其德敎 而行其政令.
고능성기덕교 이행기정령

詩云 淑人君子 其儀不忒.
시운 숙인군자 기의불특

주

以順則逆 民無則焉(이순즉역 민무칙언) 이 구절은 애매하고 해석하는 데 문제가 많다. 현종(玄宗) 주(注)에 있다. '교화로써 인심을 순종케 한다. 그러나 오늘에는 반대되는 일을 하므로 아랫사람들이 본받고 따를 수가 없다.(行敎以順人心, 今自逆之, 則下無所法則也.)' 사차운(史次耘)은 《효경술의(孝經述義)》에서 다음과 같이 풀이했다. '《효경》 첫 장에서 효를 천하를 순리로 다스리는 바탕이라고 했다. 그런데 만약에 임금이 자기 부모를 사랑하거나 공경하지 않으면서 남들을 사랑하고 공경한다면, 이는 순리를 역행하는 처사다. 그것은 더없는 불효이며, 따라서 백성

들에게도 따르고 지킬 법도가 없게 된다.(本經首章言, 孝者, 所謂以順天下也. 如不愛敬其親, 而愛敬他人者, 乃以順爲逆也. 是大不孝也, 其民無可法則焉.)' 한편 황득시(黃得時)는 '이순민칙, 역, 민무칙언(以順民則, 逆, 民無則焉)'이라고 본문을 바로잡고, '순리대로 하면 백성이 따르되, 역행하면 백성이 따를 수 없다.'라고 했다. 《효경금주금석(孝經今注今釋)》에서는 이들 설을 절충하여 '자기 부모를 사랑하고 공경하지 않고 남을 사랑하고 공경하는 일은 패덕·패례며, 그러한 것은 순리로워야 할 효도를 역행하는 처사다.'라고 풀었다. 또 《십삼경주소(十三經注疏)》에는 '故不愛其親, 而愛他人者, 謂之悖德, 世敬其親, 而敬他人者, 謂之悖禮. 以順則逆, 民無則焉.…'으로 단장(斷章) 지었다. 그러나 본서에서는 《효경간오(孝經刊誤)》의 전지(傳之) 6장을 염두에 두고 '以順則逆, 民無則焉' 앞에서 끊었다. 《효경간오》에는 9-4 구절은 없다.

不在於善 而皆在於凶德(부재어선 이개재어흉덕) 선한 경지에서가 아니고, 오직 흉덕(凶德)에서. 재(在)는 '자리', '~에서의' 뜻. 선(善)은 착한 일, 착한 행동, 즉 자기 부모를 사랑하고 공경하는 효도. 흉덕은 흉악한 행동이나 결과, 즉 패덕·패례한 일의 뜻.

雖得之(수득지) 비록 얻는 것이 있다 하더라도. 득(得)은 벼슬이나 재물 같은 것을 얻다.

不貴(불귀) 귀하게 여기지 않는다. 《고문효경》에는 '수득지, 군자불종야.(雖得之, 君子弗從也.)'라고 했다.

君子則不然(군자즉불연) 군자는 그렇게 하지 않는다. 군자의 군(君)은 군(羣)으로 무리의 뜻. 따라서 군자는 무리를 다스리는 임금이나 지도자, 또는 무리 위에 있는 유덕자(有德者)의 뜻이다.

言思可道(언사가도) 말하는 바가 도에 맞는다. 사(思)를 '생각하다'로 풀기도 하나, 여기서는 강조의 조사로 본다. 정주(鄭注)에 있다. '말이 《시경》이나 《서경》의 가르침에 맞으니, 그의 말은 남에게 도를 전한다.(言中詩書, 故可傳道也.)'

行思可樂(행사가락) 행하는 바가 남을 즐겁게 할 수 있다. 정주(鄭注)에 있다. '행동이 규범에 맞으니, 모든 사람이 즐거울 수가 있다.(動中規矩, 故可樂也.)' 《효경》 제4장 경대부장(卿大夫章)에 있다. '내가 하는 말이 천하에 넘치더라도 말에 허물이 없고, 또 내가 하는 행적이 천하에 넘치더라도 원망이나 미움을 받지 않을 것이다.(言滿天下, 無口過. 行滿天下, 無怨惡.)'

德義可尊(덕의가존) 덕을 세우고 의를 행함으로써 존경을 받을 만하다. 덕의(德義)는 입덕행의(立德行宜)와 같다. 즉 《논어》 옹야편(雍也篇)에 있는 '내가 서고 싶은 자리에 남을 세우고, 내가 얻고자 하는 바를 남에게 얻게 한다.(己欲立而立人, 己欲達而達人.)'와 같은 경지다. 현종 주(注)에 있다. '덕을 세우고 의를 행함으로 바른 도를 어기지 않는다. 그러므로 존경할 만하다.(立德行義, 不違道正, 故可尊也.)'

作事可法(작사가법) 모든 일을 모범이 되게 한다. 현종 주(注)에 있다. '바른 제도를 세우고 좋은 업적을 올리고, 모든 행동이나 처사가 의리에 맞으므로, 모든 사람이 모범으로 삼을 수 있다.(制作事業, 動得物宜, 故可法也.)'

容止可觀(용지가관) 용모나 행동거지(行動擧止)가 법도에 맞아 남이 우러러볼 만하다. 용지(容止)를 위의(威儀)로 풀기도 한다. 지(止)는 처신(處身)의 뜻도 있다. 《시경》에 있다. '경신위의하여, 백성들이 법도로 삼는다.(敬愼威儀, 惟民之則.)'

進退可度(진퇴가도) 출처진퇴(出處進退)에 법도가 있다. 형병(邢昺)은 소(疏)에서 '진퇴는 동정(動靜)이며, 때를 잘 맞추어 멈출 때는 멈추고, 나갈 때는 나간다. 예법을 어기지 않으므로 법도로 삼을 만하다.'라고 풀었다. 정주(鄭注)에 있다. '어렵게 나가되 충성을 다하고, 쉽게 물러나되 잘못을 메꾼다. 나가나 물러나나 모두 올바르게 하므로 법도로 삼을 만하다.(難進而盡忠, 易退而補過. 進退均有所宜, 故有度也.)'

以臨其民(이림기민) 이상의 태도를 갖추고 백성들 앞에 군림한다. 임(臨)은 군림하다, 통치하다.

是以(시이) 이시(以是)와 같다. 그러므로, 이것으로써.

畏而愛之(외이애지) 백성들이 두려워하면서도 사랑하고 공경한다. 형병은 소에서 《주서(周書)》에 있는 문왕(文王)의 덕을 다음과 같이 인용했다. '큰 나라는 그의 힘에 경외했고, 작은 나라는 그의 덕에 회유되었다.(大國畏其力, 小國懷其德.)' 이것이 바로 경외하며 친애한다는 뜻이다.

則而象之(칙이상지) 법도로 삼아 따르고 본받다. 칙(則)은 법도, 법칙. 상(象)은 본받다, 방효(倣效).

詩云(시운) 《시경》 조풍(曹風) 시구편(鳲鳩篇)의 구절.

淑人君子(숙인군자) 숙(淑)은 선량(善良)의 뜻. '선량한 사람이며, 군자로다'의 뜻. 여기의 군자는 재덕(才德)이 출중한 사람.

其儀不忒(기의불특) 그의 위의(威儀)가 예법에 조금도 어긋나지 않는다. 특(忒)은 어긋나다[差], 잘못되다.

해 설

주자의 《효경간오(孝經刊誤)》에는 이 글은 빠졌다. 그리고 '이순즉역 민무칙언(以順則逆 民無則焉)'은 풀이하는 데 문제가 있다. 제9장에서는 전체적으로 백성을 다스리는 임금이나 군자는 효도를 순리로 지켜야 하며, 몸소 본이 됨으로써 백성에 대한 덕치 교화도 순조롭게 이루어지고, 또 정치와 교령도 잘 시행될 수 있음을 밝혔다.

군자를 '다스리는 사람'의 뜻으로 썼으며, 군자는 여섯 가지 모범 되는 태도, 즉 말이 도에 맞고, 행하는 바가 남을 기쁘게 하고, 덕을 세우고 의를 행함에 있어 존경을 받을 만하고, 모든 일을 처리하는 데 있어 백성들의 본이 될 수 있게 하고, 용모와 의표도 남들이 우러러보게 하고, 진퇴도 모든 사람의 모범이 되게 함으로써 백성 앞에 군림해야 한다고 가르쳤다. 제9장은 《효경》에서 가장 긴 글로, 4구절로 나누었다.

제10 기효행장紀孝行章

10

공자가 말했다.

"효자가 부모를 모시는 태도는 다음과 같다. 평상시 집에 계실 때는 공경하는 마음을 다하여 모셔야 하고, 봉양할 때는 속으로부터 우러나오는 즐거운 마음으로 받들어 모셔야 하고, 병에 걸리시면 진정으로 걱정하는 마음으로 치유해 드려야 하고, 만약 돌아가시면 애통한 심정을 다해 장례를 치러야 하고, 제사를 지낼 때는 엄숙한 마음으로 지내야 한다. 이상의 다섯 가지를 모두 갖추어야 비로소 부모를 잘 모셨다고 할 수가 있다.

또 부모를 모시는 사람은 윗자리에 있어도 교만하지 않아야 하며, 아랫자리에 있더라도 절대로 문란한 짓을 해서는 안 되며, 여러 사람과 있을 때는 절대로 다른 사람과 다투지 않는다.

위에 있으면서 교만하면 결국 인심을 잃고 마지막에는 위망(危亡)의 화를 자초할 것이며, 아래에 있으면서 문란한 짓을 하면 결국은 형벌을 받게 될 것이며, 여러 사람과 있으면서 다투면 결국은 무기를 휘두르고 서로 살해하는 경지에까지 이르게 될 것이다. 이상의 세 가지를 경계하고 배제하지 않는다면, 결국 부모에게도 위험과 재앙을 끼칠 우려가 있으니, 비록 매일 소·양·돼지 같은 고기반찬으로 봉양한다 해도 역시 불효하다고 할 수 있다."

子曰 孝子之事親也 居則致其敬 養則致其樂
자왈 효자지사친야 거즉치기경 양즉치기락

病則致其憂 喪則致其哀 祭則致其嚴 五者備矣
병즉치기우 상즉치기애 제즉치기엄 오자비의

然後能事親.
연후능사친

事親者 居上不驕 爲下不亂 在醜不爭.
사친자 거상불교 위하불란 재추부쟁

居上而驕則亡 爲下而亂則刑 在醜而爭則兵.
거상이교즉망 위하이란즉형 재추이쟁즉병

三者不除 雖日用三牲之養 猶爲不孝也.
삼자부제 수일용삼생지양 유위불효야

주

紀孝行(기효행) 효도할 행위를 기술한다는 뜻. 기(紀, 벼리 기)는 기(記, 기록할 기)와 같음.

孝子之事親也(효자지사친야) 효자가 부모를 섬김에 있어서. 사(事)는 섬기다, 모시다, 봉양하다. 친(親)은 육친, 부모.

居(거) 평상시 집에 있을 때.

致其敬(치기경) 존경심이나 공경심을 다하여 모시다. 치(致)는 다하다[盡]. 부모를 섬기는 데는 사랑과 공경을 다해야 한다. 특히 부모를 하늘같이 높이 모셔야 하므로 공경을 다해야 한다. 사차운(史次耘)은 다음과 같이 풀었다. '효자로서 부모를 섬김에 있어 반드시 공경을 주로 해야 한다. 이른바 공경이란 세리(勢利)나 기욕(嗜慾) 때문에 받드는 것이 아니고, 하늘이 내려 준 본연의 천성, 즉 천리(天理)에서 우러나오는 존경을 말한다. 그러므로 부모를 공경하지 않으면서 남을 공경한다면 이른바 천리가 멸하게 된다.(孝子事親, 必主於敬, 其所謂敬者, 非爲勢利嗜欲, 而爲之敬, 出於天性之本然. 不敬其親, 而敬他人, 則天性滅矣.)' <효경술의(孝經述義)> 《예기(禮記)》 방기편(坊記篇)에 있다. '일반 사람들도 모두 부모를 봉양할 줄 안다. 그러므로 군자가 만약 부모 섬기는 데 있어 공경하지 못한다면, 일반과 다를 것이 무엇인가?(小人皆能養其親, 君

子不敬何以別乎.)' 또 《예기》 제의편(祭義篇)에 있다. '봉양은 할 수 있으나, 경건하게 받들어 높이는 일이 어렵다.(養可能也, 敬爲難.)'

養則致其樂(양즉치기락) 부모를 봉양할 때는 화락(和樂)한 마음과 태도로 받들어 모신다. 정주(鄭注)에 있다. '부모를 봉양함에 있어 지성(至誠)을 바치면 즐거운 심정이 될 수가 있다.' 《예기》 내칙편(內則篇)에 있다. '증자가 말했다. 효자가 늙은 부모를 봉양할 때는 부모님의 마음을 즐겁게 해드리고, 부모님의 뜻에 어긋나지 않게 한다. 또한 부모의 눈과 귀를 즐겁게 해드리고, 침소나 거실을 안락하게 해드려야 한다.(曾子曰, 孝子之養老也, 樂其心不違其志. 樂其耳目, 安其寢居.)'

病則致其憂(병즉치기우) 부모가 병에 걸리면 효자는 진정으로 걱정하며 지성껏 치유와 간호에 힘을 쓴다. 《논어》 위정편(爲政篇)에 '부모는 오직 자식 아픈 것을 걱정한다.(父母唯其疾之憂.)'라는 말이 있는데, 이러한 마음을 자식도 가져야 할 것이다. 《예기》 문왕세자편(文王世子篇)에 있다. '만약 문왕의 아버지 왕계(王季)가 편치 않으면 시종(侍從)이 문왕에게 알리고, 이에 문왕은 걱정스런 얼굴을 하고 걸음걸이조차 허둥지둥 바르지 않았다. 그 후 왕계가 회복되어 음식을 잘 드시면 문왕도 이전으로 돌아가 평상을 되찾았다.(其有不安節, 則內豎以告文王, 文王色憂, 行不能正履. 王季復膳, 然後亦復初.)' '문왕이 병이 나면 무왕이 걱정하고, 관대를 풀지도 않은 채 병간호를 했다.(文王有疾, 武王不說, 冠帶而養.)' 《예기》 곡례편(曲禮篇)

에 있다. '부모가 병에 걸리면 자식은 머리도 빗질하지 않고, 걸음걸이도 침울하고, 농담도 하지 않고, 악기도 연주하지 않고, 육미도 입에 대지 않고, 술도 취하도록 마시지 않고, 크게 웃지도 않고, 노여워도 욕하지 않으며, 부모의 병이 쾌유하면 자식도 전처럼 한다.(父母有疾, 冠者不櫛, 行不翔, 言不惰, 琴瑟不御, 食肉不至變味, 飮酒不至變貌, 笑不至矧, 怒不至詈, 疾止復故.)'

喪則致其哀(상즉치기애) 부모가 돌아가시고 그 장례를 치를 때는 진정으로 애통하며 정중히 모신다. 《논어》 학이편(學而篇)에 있다. '부모의 장례를 신중히 모시고 선조의 제사를 잘 지내면, 백성들의 덕도 두터워진다.(愼終追遠, 民德歸厚矣.)' 《예기》 문상편(問喪篇)에 있다. '부모가 막 돌아가셨으면 효자는 즉시 관을 벗되 비녀와 치포건은 그대로 하고, 맨발로 옷섶을 허리춤에 끼고, 두 손을 가슴에 엇갈려 얹고 통곡한다. 슬픈 심정과 애통의 상념으로 신장(腎臟)이 상하고 간(肝)이 마르고 폐가 탄다. 따라서 물도 마시지 못하고 사흘을 불피우지 않는다. 그러므로 이웃집에서 죽이나 미음을 만들어 먹게 한다. 이것은 마음이 슬프므로 외적인 생활에도 변화가 나타난 것이며, 마음이 애통하니 입도 맛을 느끼지 못하고, 몸도 아름다운 옷이 편하지 않다.(親始死, 鷄斯徒跣, 扱上衽, 交手哭. 惻怛之心, 痛疾之意, 傷腎乾肝焦肺, 水漿不入口, 三日不擧火, 故隣里爲之糜粥以飮食之. 夫悲哀中, 故形變於外也. 痛疾在心, 故口不甘味, 身不安美也.)' [鷄는 笄(비녀 계)] '사흘이 되면 염한다. 평상에 있을 때는 시(尸)라 하고, 입관한 다음에는 구(柩)라 한다. 시를 옮기고 구를 들기만 해도, 걷잡을 수 없이 통곡하고 발을 구르게 된다. 슬프고 아픈 심정과 애통한 생각이 가슴에 차 넘치고 기가 막히기 때문에 웃통을 벗고 맨발로 구르게 되며, 그렇게라도 해서 마음을 가라앉혀야 한다.(三日而殯, 在牀曰尸, 在棺曰柩, 動尸擧柩, 哭踊無數. 惻怛之心, 痛疾之意, 悲哀志懣氣盛, 故袒而踊之, 所以動體安心下氣也.)' 옛날이나 지금이나 부모가 돌아가시면 미친 듯이 슬프고 애통하게 마련이며, 따라서 입맛도 잃고 오직 통곡함으로써 가슴에 꽉 찬 기나 숨을 터야 할 것이다. 이것이 인지상정(人之常情)이다. 부모가 죽었는데도 애통해하지 않는 것은 인간의 감성이 메말랐기 때문이다. 옛날의 효자는 하늘이 사람에게 부여한 순수한 감성을 지니고 있으니, 애통해하고 곡하고, 발을 굴렀던 것이다.

祭則致其嚴(제즉치기엄) 제사를 지낼 때는 지극히 엄숙하게 한다. 《효경》 사장소(士章疏)에 있다. '제(祭)는 제(際)와 통하며, 사람과 신령이 서로 만나고 접하므로, 제(際)라고 한다.(祭者, 際也. 人神相接, 故曰際也.)' 또 제사는 천신(天神) · 지기(地祇) · 인귀[人神]를 모심으로써 복을 받는 일이기도 하다. 따라서 제사는 바로 하늘을 모시듯 엄숙해야 하고, 또 부모에 대한 제사는 부모 생존 때와 같은 존경심으로 모셔야 한다. 《중용(中庸)》에 있다. '돌아가신 뒤에도 살아계실 때와 같이 섬기는 것이 지극한 효다.(事死如事生, 事亡如事存. 孝之至也.)' 《논어》 팔일편(八佾篇)에는 '제사 지낼 때는 조상이 함께 있는 듯이 한다.(祭

如在)'라고 있다. 《예기》 제의편(祭義篇)에 있다. '효자는 제사 지낼 때 정성을 다하여 정성이 통하고, 믿음을 다하여 믿음이 통하고, 공경을 다하여 공경이 통하고, 예를 다하고 잘못이 없다. 진퇴를 반드시 경건하게 하고, 마치 부모님이 친히 명령을 내리고 분부하는 듯이 모신다.(孝子之祭也, 盡其慤而慤焉, 盡其信而信焉, 盡其敬而敬焉, 盡其禮而不過失焉. 進退必敬, 如親聽命, 則或使之也.)'

五者備矣(오자비의) 이상의 다섯 가지를 모두 갖추어야. 현종 주(注)에 있다. '다섯 가지 중에 하나만 빠져도 충분히 섬겼다고 할 수 없다.(五者缺一, 則未爲能)'

居上不驕(거상불교) 높은 자리에 있어도 교만하지 않는다. 현종 주(注)에 있다. '마땅히 장중하고 경건한 태도로 아랫사람에게 임해야 한다.(當莊敬以臨下.)'

爲下不亂(위하불란) 아랫자리에 있으면서 질서를 문란하게 하거나 난동을 부리면 안 된다. 아랫사람은 마땅히 성실하고 공경하는 태도로 윗사람을 받들어야 한다. 이것은 아버지를 공경하는 경(敬)의 덕을 확대한 것이다.

在醜不爭(재추부쟁) 여러 사람과 있어도 남과 다투지 않는다. 추(醜)는 여러 사람, 군중, 중인(衆人). 즉 모든 사람에게 화순(和順)으로 대하고 화목해야 한다. 쟁(爭)은 다투다, 또는 경쟁하다[競]. 소인(小人)은 자기 욕심만 채우고자 싸우고, 또 자기만 잘났다고 다툰다.

亡(망) 위망(危亡) 또는 패망(敗亡)의 뜻.

刑(형) 형벌을 받게 된다.

兵(병) 무기를 들고 살상한다는 뜻.

三者不除(삼자부제) 이상의 세 가지를 경계하고 배제하지 못한다면. 즉 교만 · 난동 · 경쟁을 피해야 한다.
日用(일용) 매일 쓰다. 여기서는 부모에게 바치다.
三牲(삼생) 소 · 양 · 돼지.

해 설

효자가 부모를 섬길 때 지켜야 할 다섯 가지와, 조심하고 물리쳐야 할 세 가지를 말했다. 이들 모두는 결국 한마디로 경(敬)이라 할 수 있다. 공자는 그것을 상세히 설명했다. 앞에서 든 다섯 가지는 직접 부모를 섬기는 효행이고, 뒤에서 금한 세 가지는 사회적으로 삼갈 일들이다.

부모가 평소에 건강할 때는 존경심과 속에서 우러나오는 기쁜 마음으로 봉양해야 한다. 형식적으로나, 마지못해 효도하는 것이 아니다. 다음으로 부모가 병에 걸리면 효자는 마치 자기가 병이 난 듯 걱정해야 한다. 진정으로 부모를 사랑하면 정말로 걱정하게 된다.

《예기》에 문왕이 병들자 아들 무왕이 걱정하고, 문왕이 밥을 한 수저밖에 들지 못하면 무왕도 한 수저밖에 먹지 못했다고 한다. 이렇게 부모를 진정으로 걱정할 줄 알아야 그가 임금이 되어도 백성의 고통을 불쌍히 여길 줄 알 것이다.

특히 사람의 죽음은 가장 중대한 일이다. 부모를 정중

히 장사 지내는 일은 정리(情理) 면에서 볼 때 고귀한 일이고, 또 그래야 만물의 영장이라 할 수 있다. 죽음 앞에 신중하고 경건해야 하늘에 머리를 숙일 줄 안다. 또 제사 지내는 것도 인간만이 할 수 있는 숭고한 일이며, 이는 종교에 통한다. 유교에서는 마치 종교나 신령의 문제를 소홀히 하는 듯이 보일 것이다.

그러나 그것은 현실적 실천 윤리를 강조한 나머지 그렇게 나타났을 뿐, 공자나 공자 이전의 중국 전통사상에는 하늘을 종교적으로 파악했고, 따라서 제사를 통하여 천신(天神) · 지기(地祇) · 인귀[人神]를 접한다는 믿음이 굳었음을 알 수 있다.

교만하면 망하고, 난동을 부리면 형벌을 받게 되고, 남과 다투면 결국 무기를 들고 살상하게 되니, 자기를 망칠 뿐 아니라, 집안과 부모의 이름도 더럽히게 될 것이다. 효는 사회에 나가 선덕과 공적을 세워 입신양명하여 부모와 집안을 영원히 빛내는 것이다.

제11 오형장五刑章

11

공자가 말했다.

"다섯 가지 형벌에 속하는 범죄는 3천 개나 된다. 그러나 불효보다 더 큰 죄는 없다.

임금에게 충성하지 않고 사사로운 욕구를 채우기 위해 임금에게 압력을 가하거나 몰아붙이는 사람은, 결국 자기 부모를 비롯하여 모든 윗사람의 존재를 무시하는 패륜자(悖倫者)며, 성인을 비방하는 사람은 무법자(無法者)며, 효도를 비방하는 사람은 부모도 없는 패덕자(悖德者)다.

이러한 태도는 천하를 크게 어지럽히는 바탕이다."

子曰 五刑之屬三千 而罪莫大於不孝.
자 왈 오 형 지 속 삼 천 이 죄 막 대 어 불 효

要君者無上 非聖人者無法 非孝者無親.
요 군 자 무 상 비 성 인 자 무 법 비 효 자 무 친

此大亂之道也.
차 대 란 지 도 야

주

五刑(오형) 옛날에는 다섯 가지 형벌로 죄인을 벌주었다. 즉 묵(墨)·의(劓)·월(刖)·궁(宮)·대벽(大辟)이다. 묵은 경(黥)이라고도 하는데, 얼굴에 검은 자국이 나게 자자(刺字)하는 것, 의는 코를 자르는 것, 월은 발을 자르는 것, 궁은 남녀의 생식기를 못쓰게 자르거나 막는 것, 대벽은 목을 치는 사형이다. 오형은 한초(漢初)까지의 형법이었다.

屬三千(속삼천) 오형에 속하는 범죄 조항이 3천이나 된다.

罪莫大於不孝(죄막대어불효) 죄 중에서 불효보다 더 큰 것이 없다. 《주례(周禮)》 대사도(大司徒)에도 만민에게 불효를 최고의 벌로 치고 있으며, 《여람(呂覽)》에도 《상서(尙書)》를 인용하여 '모든 형벌 중에 불효를 가장 크게 치고 있다.(刑三百, 罪莫大於不孝.)'[삼백은 3천(千)의 잘못일 것이다]라고 했다.

要君者無上(요군자무상) 임금을 무력으로 위협하거나 괴롭히는 사람은 결국 자기 안중에 윗사람이 없다고 할 수 있다. 요(要)는 겁주거나 위협하다. 무상(無上)은 위나 윗사람이 없다는 뜻. 즉 위는 높게는 하늘, 가깝게는 임금이나 부모다. 위를 보지 못하는 사람은 하늘 앞에 경건할 줄 모

르며, 교만이라고 하기보다는 무식하고 지각이 없다고 할 수 있다. 즉 근원과 지난 과거의 역사적 사실을 보지 못하는 장님이나 다름없다.

非聖人者無法(비성인자무법) 성인을 비방하는 사람은 법을 무시하는 사람이다. 여기서 말하는 법은 사람이 만든 법만이 아니고 하늘의 도리, 천리(天理), 즉 예(禮)의 뜻까지 포함된다. 성인은 하늘의 도리 '일대지도(一大之道)'를 바탕으로 모든 법도를 세우고 모든 사람에게 가르치고, 또 현실적으로 구현하게 한다. 그러한 성인을 비방하는 사람은 결국 천리를 무시하는 것이다. 비(非)는 비방하다.

非孝者無親(비효자무친) 효를 비방하는 사람은 부모나 사랑을 무시하는 사람이다. 또는 부모도 없고 사랑도 없는 사람이다. 무(無)는 무시하다, 또는 없다[亡]. 친(親)은 육친, 부모, 또는 사랑의 뜻.

此大亂之道(차대란지도) 이상 세 가지 태도는 천하를 크게 어지럽게 하는 바탕이다. 조원필(曺元弼)은 다음과 같이 말했다. '천지는 사람의 근본이고, 조상이나 아버지는 혈육의 근본이고, 임금이나 스승은 다스림의 근본이다. 따라서 부모를 섬기고, 임금을 섬기고, 또 스승을 섬기는 뜻과 의리는 하나다.(天地者, 人之本. 祖父者, 親之本. 君師者, 治之本. 事親 · 事君 · 事師, 其義同.)'

해 설

하늘과 땅은 만물을 낳고 키운다. 《주역(周易)》 계사전

(繫辭傳) 하(下)에 '하늘과 땅의 큰 덕은 삶이다.(天地之大德曰生.)'라고 했으니, 이는 바로 하늘과 땅이 만물을 생육화성(生育化成)한다는 뜻이다. 그중에도 모든 바탕은 하늘이 내린다. 하늘은 원리인 도를 내리고, 땅이 그 도를 따라 모든 것을 결실하여 얻는다. 따라서 하늘은 도(道)고, 땅은 덕(德)이다. 이러한 하늘은 만물을 사랑하고 키우는 존재다.

이 하늘과 같은 존재가 바로 아버지고, 부모는 하늘과 땅이다. 따라서 나를 중심으로 나는 우선 하늘 같은 아버지를 근본으로 하고, 아버지와 어머니의 생육화성의 덕을 입고 태어났다. 내가 부모로부터 태어났고, 부모나 선조가 남긴 문화적 유산 속에서 성장하고, 발전하고, 부모의 사랑을 받고 걱정 없이 자랐다.

이러한 부모의 사랑을 내가 갚아야 한다. 우주의 원리는 주고받는다. 주고받는 것은 회전하면서 발전하는 원리에 속한다. 받기만 하고 주지 않으면 회전이 막히고, 발전도 끝난다. 우주의 발전은 직선적으로 이루어지는 것이 아니다. 회전하면서 전진한다. 나선형으로 전진한다. 효는 바로 아버지와 자식 사이의 주고받으면서 나가는 전진 발전의 원리다.

하늘이 만물의 근원이고 우주 운행의 섭리자로 만물에게 먼저 주었듯이, 아버지도 자식에게 사랑을 준다. 그러나 자식은 아버지에게 되돌릴 줄 모른다면 그것은 불효다.

불효는 어떤 결과를 가져올까? 우주의 발전 원리를 거역하고 마침내는 인류 발전을 저해하게 된다. 따라서 인간이 저지르는 죄 중에서 불효보다 더 큰 죄는 없다(罪莫大於不孝)고 하는 것이다.

동양 윤리의 전통은 이렇듯이 깊은 뜻을 지니고 있음을 알아야 한다. 근래에 서구 문명만을 따르고 동양문명을 알지 못하는 학자나 문화인이, 동양은 봉건적인 충효(忠孝) 사상 때문에 망했다고 하는 것은 어처구니없는 망발이며 자학(自虐)이라고 하지 않을 수 없다.

서구의 물질적 개인주의 때문에 세계 평화는 병들고 인간의 가치가 시들고 있다. 이것을 치유할 수 있는 정신적 빛이 바로 동양의 충효 사상이다. 그런 것을 모르고 약을 버리고 병만을 끌어당기고 있는 세태다. 이러한 무식한 사람을 공자는 다음과 같이 말했다.

'임금에게 충성하지 않고 사사로운 욕구를 채우기 위해 임금에게 알력을 가하거나 몰아붙이는 사람은, 결국 자기 부모를 비롯하여 모든 윗사람의 존재를 무시하는 패륜자(悖倫者)며, 성인을 비방하는 사람은 무법자(無法者)며, 효도를 비방하는 사람은 부모도 없는 패덕자(悖德者)다.(要君者無上, 非聖人者無法, 非孝者無親.)'

대란(大亂)은 인류사회가 어지러워지는 것을 말한다. 이는 바로 서구의 물질문명, 극도의 개인주의, 인간의 상실과 존엄성의 상실, 인간소외 및 국가적 이기주의에 의한 세계 평화의 파괴 등으로 병든 오늘날의 세계다.

이러한 병든 세계, 대란의 세계는 왜 생기고 어떻게 연유하나? 한마디로 하늘의 도리를 따르지 않기 때문이다. 만물을 사랑하고 키우는 하늘의 도리와 마음을 아버지를 통해 배우고, 그대로 행하는 것이 효이며 충이다. 이러한 효와 충을 저버리므로 이 세상은 대란에 빠지게 된 것이다.

'임금을 위협하는 사람은 위를 무시한다.(要君者無上)' 이 말은 '위를 무시하거나 하늘을 잊은 사람은 임금을 위협한다.(無上者要君)'로 고쳐도 된다. 하늘의 도리를 모르면 땅 위에서 하늘의 뜻에 맞는 질서의 세계, 만물이 생육화성하는 조화의 세계를 구현하려는 중심자이자 주체자인 임금을 무시하거나 임금을 위협하게 된다.

다음으로 성인(聖人)은 하늘의 도리를 만민에게 깨우치게 하고, 만민에게 덕치 교화를 하는 역할을 한다. 그러므로 성인을 무시한다는 것은 하늘을 무시하고, 천리(天理)와 천도(天道)에 거역한다는 뜻이다. 인간이 만든 법을 지키지 않는 사람을 무법자라고 하여 처벌하는데, 그보다 더 큰 죄인은 하늘의 법을 지키지 않는 사람이다.

다음으로 진정으로 부모에게 사랑을 받고, 그 부모의 마음을 닮은 자식은 불효자가 될 수 없다. 불효자는 참된 부모가 없는 불행한 사람이며, 하늘을 모르는 눈먼 사람이라 할 수 있다. '비효자무친(非孝者無親)'의 뜻을 깊이 알아야겠다.

제12 광요도장廣要道章

12

공자가 말했다.

"사람들에게 서로 친애하는 도리를 가르치는 데는 효보다 더 좋은 것이 없고, 사람들에게 예를 지키고 공순을 가르치는 데는 제(悌)보다 더 좋은 것이 없고, 사회의 기풍을 혁신하고 민간의 습속을 바꾸는 데는 음악보다 더 좋은 것이 없고, 윗사람을 안심시키고 백성을 잘 다스리게 하는 길은 예절을 잘 지키는 것보다 더 좋은 것이 없다.

예절을 잘 지킨다는 것은 바로 공경하고 자숙한다는 뜻이다. 그러므로 남의 아버지를 공경하면 그 집 자손들이 기뻐하고, 또 남의 형을 공경하면 그 집의 동생들이 기뻐할 것이고, 남의 나라 임금을 공경하면 그 나라 신하들이 기뻐할 것이다. 결국 한 사람을 공경하면 천만인이 모두 기뻐할 것이다.

그러므로 내가 공경할 사람이 적지만 결과적으로 기뻐하는 사람이 많으니, 이것을 가리켜 긴요한 도리라고 한다."

子曰 教民親愛 莫善於孝 教民禮順 莫善於悌
자왈 교민친애 막선어효 교민례순 막선어제

移風易俗 莫善於樂 安上治民 莫善於禮.
이풍역속 막선어악 안상치민 막선어례

禮者 敬而已矣 故敬其父則子悅 敬其兄則弟悅
예자 경이이의 고경기부즉자열 경기형즉제열

敬其君則臣悅 敬一人而千萬人悅.
경기군즉신열 경일인이천만인열

所敬者寡而悅者衆 此之謂要道也.
소경자과이열자중 차지위요도야

주

廣要道(광요도) 광(廣)은 넓힌다, 확충한다. 요도(要道)는 긴요하고 기본이 되는 대도(大道). 즉 수신(修身)·제가(齊家)·치국(治國)·평천하(平天下)하는 바탕. 그것이 바로 효이기도 하다. 제1장에서 말한 '지덕요도(至德要道)'다.

教民親愛(교민친애) 백성들에게 서로 친애하게 만든다, 사람들에게 서로 사랑하는 길을 가르친다. 교(教)는 가르치다, 시키다. 민(民)은 백성, 사람들. 친애(親愛)는 상친상

애(相親相愛). 사마광(司馬光)은 '친애는 화목이다.(親愛謂和睦)'라고 풀었다. 사람들이 화목하려면 서로 사랑하고 존경해야 하며, 존경과 사랑은 바로 효의 중심이다.

莫善於孝(막선어효) 효보다 더 좋은 것이 없다. 형병(邢昺)은 다음과 같이 풀었다. '임금이 백성들에게 자기를 친애하게 만들고자 하면 우선 자신이 효를 행하는 것이 가장 좋다. 임금이 효를 행하면 백성들도 본받아 자기 임금을 친애하게 된다.(君欲敎民親於君而愛之者, 莫善於身自行孝也. 君能行孝, 則民效之, 皆親愛其君.)' 맹자는 다음과 같이 말했다. '백성들이 자기 부모를 잘 섬기고, 나아가 남의 부모도 잘 모시고, 자기 자식을 사랑하고, 나아가 남의 자식도 사랑하게 되면, 천하를 다스리기는 쉽다.(老吾老, 以及人之老, 幼吾幼, 以及人之幼. 天下可運於掌. – 양혜왕상)' 백성들이 천성(天性)으로 주어진 부모 사랑, 즉 효를 확대하여 서로 친애하면 백성들이 화목할 것이니, 나라는 저절로 평화롭게 다스려질 것이다. 또 《대학》에 있다. '윗사람이 부모를 잘 섬기면 백성들도 인효(仁孝)를 잘 지키고, 윗사람이 연장자에게 공손하면 백성들도 제의(悌義)를 잘 지킨다.(上老老而民興孝, 上長長而民興弟.)' 또 《효경》 제2장에도 있다. '사랑과 존경을 극진히 해서 부모를 섬기고, 또한 효도의 덕교(德敎)를 백성에게 베풀고, 더 나아가 사방의 오랑캐까지 본받게 한다.(愛敬盡於事親, 而德敎加於百姓, 刑於四海.)'

敎民禮順 莫善於悌(교민례순 막선어제) 사람들에게 예를 지키고 순복하게 하려면, 제도(悌道)보다 더 좋은 것이 없

다. 형병은 다음과 같이 풀었다. '임금이 백성들에게 연장자에게 예를 지키고 순종케 하려면 자신이 형에게 공손하게 행해야 한다. 임금 자신이 제(悌)를 지키면 사람들도 본받고 모두가 연장자에게 예순(禮順)하게 된다.(欲敎民禮於長而順之者, 莫善於身自行悌也. 人君行悌則人效之, 皆以禮順從其長也.)' 본래 예(禮)는 하늘의 도리를 지키고 실천한다는 뜻이며, 천리에는 질서의 개념이 포함되어 있다. 따라서 예순(禮順)은 하늘의 도리와 질서를 지키고 순종한다는 뜻이 된다. 이러한 예순을 백성들에게 가르치는 바탕이 제(悌)다. 즉 형이나 연장자에게 우애롭고 공손하게 하는 것이다. 효는 부모와 자식 사이의 사랑으로 인(仁)이 통하고, 제(悌)는 형이나 연장자에 대한 우애와 공손으로 의(義)에 통한다. 《대대례(大戴禮)》 위장군(衛將軍) 문자편(文子篇)에 있다. '효는 덕의 시발이고, 제는 덕의 차례다.(孝, 德之始也. 悌, 德之序也.)' 《대학》에는 '제는 연장자를 섬기는 바탕이다.(悌者, 所以事長也.)'라고 했다. 또 《예기》 제의편(祭義篇)에 있다. '스스로 연장자를 잘 섬기면 공경의 덕풍이 서고, 백성들을 공경하는 것이 바로 예다. 연장자를 잘 섬기고 거역하지 않으면 모든 예의가 순조롭게 된다.(立敬自長始, 敬民禮也. 事長不悖, 則百禮順矣.)'

移風易俗(이풍역속) 이(移)는 옮기다, 역(易)은 바꾸다, 풍(風)은 기풍, 속(俗)은 습속. 즉 사회나 민간의 나쁜 기풍이나 습속을 개혁하고 향상시키다.

莫善於樂(막선어악) 음악보다 더 좋은 것이 없다. 음악은 자연의 아름다운 운율을 연주하는 것이므로 사람의 정감을 순화한다. 그러므로 예부터 중국에서는 인간의 성정(性情)을 예악(禮樂)으로 다스렸다. 즉 성(性)은 인간성에 주어진 천리를 따르는 본성이므로 이를 예, 즉 이(理)로 다스렸고, 정(情)은 기(氣)와 더불어 술렁이는 감정이므로 이를 조화의 아름다움인 음악으로 다스렸다. 정주(鄭注)에 있다. '음악은 인간의 정서를 감동시킨다. 음악이 바르면 마음도 바르게 되고, 음악이 나쁘면 마음도 나쁘게 된다.(夫樂者, 感人情者也. 樂正則心正, 樂淫則心淫也.)' 《악기(樂記)》에 있다. '음악에서 모든 소리가 나오게 마련이지만, 그 바탕은 마음이 사물에 감동된 울림이다.(樂者, 音之所由生也. 其本在人心感於物者也.)' 맑은 음악은 사람의 마음을 맑게 승화시키지만, 음란하고 탁(濁)한 음악은 사람의 마음도 음란하고 탁하게 만든다. 《시경(詩經)》 서(序)에 있다. '잘 다스려진 나라의 음악은 안정되고 즐겁다. 그것은 그 나라의 정치가 평화롭기 때문이다. 난세의 음악은 원망스럽고 노엽다. 그것은 그 나라의 정치가 빗나갔기 때문이다. 망국의 음악은 애처롭고 슬프다. 그것은 백성이 곤궁에 빠져 있기 때문이다.(治世之音, 安以樂, 其政和. 亂世之音, 怨而怒, 其政乖. 亡國之音, 哀而思, 其民困.)' 음악은 인간의 마음이나 사회에 이렇듯 밀접한 관계가 있으며 크게 영향을 준다. 그러므로 옛날에는 궁중에서 아악(雅樂)을 가지고 모든 행사나 정치를 높였다. 또 《악기》에 있다. '음악은 성인이 즐기는 바이며 또 모든 사람의 마음을 착하게 해준다. 음악은 사람을 깊이 감동시키고 사회의 기풍이나 습속을 변동 향상시킨다. 그러므로 옛날의 임금은 음악의 교화를 높였다.(樂也者, 聖人之所樂也, 而可以善民心. 其感人深, 其移風易俗, 故先王著其敎也.)' '음악은 내면적으로 나오고, 예의는 외형적으로 만들어진다. 음악은 속에서 나오니 차분하게 안화(安和)롭고, 예의는 밖에서 꾸며지니 외형적으로 수식된다. 하늘이 연주하는 대자연의 음악은 단조로우면서도 그 속에 무궁무진한 생의 약동이 있고, 하늘이 꾸며 준 대자연의 예절은 단순하면서도 그 속에 영구불변하는 줄기가 있다. 따라서 음악적 경지에 도달하면 사람들이 원한을 품지 않고, 또 예절의 경지에 이르면 사람들이 다투지 않게 되니, 결국 서로 읍하여 절하고 겸손하게 양보하는 가운데 천하를 다스릴 수 있으니, 이것이 바로 예악으로 다스린다는 뜻이다. 그때는 포악한 자도 나타나지 않고, 제후들도 잘 순복하고, 무력이나 전쟁도 없을 것이며, 형벌도 쓸 필요가 없고, 모든 백성이 걱정 없이 잘살게 될 것이니, 이를 바로 안락한 경지에 도달한 것이라 한다.(樂由中出, 禮自外作. 樂由中出故靜, 禮自外作故文. 大樂必易, 大禮必簡. 樂至則無怨, 禮至則不爭, 揖讓而治天下, 禮樂之謂也. 暴民不作, 諸侯賓服, 兵革不試, 五刑不用, 百姓無患. 如此, 則樂達矣.)'

安上治民(안상치민) 윗사람을 안정시키고 백성을 잘 다스린다. 상(上)은 임금이나 높은 자리에 있는 위정자 또는 어른, 민(民)은 일반 백성이나 모든 사람. 결국 위정자나 백성이 모두 안락을 누리고 잘 다스려진다는 뜻.

莫善於禮(막선어례) 예(禮)보다 더 좋은 것이 없다. 예는 하늘의 질서를 지키고 따라서 행한다는 뜻. 하늘의 도리는 질서정연하며, 우주 만물의 운행이나 생육화성이 이 천리를 따라 이루어지고 있다. 따라서 만물의 하나인 인간도 천리를 지키고 따라야 하며, 인간사회의 모든 생활, 특히 정치나 윤리도 이 천리를 따라야 한다. 현종 주(注)에 있다. '예는 임금과 신하, 아버지와 자식의 분별을 바르게 하고, 남자와 여자 또는 선배와 후배의 서열을 밝히는 근본이다. 그러므로 예로써 윗사람이 안정될 수 있고, 또 아랫사람을 감화시킬 수 있다.(禮所以正君臣父子之別, 明男女長幼之序, 故可以安上化下也.)' 정주(鄭注)에는 《논어》 헌문편(憲問篇)을 인용했다. '윗사람이 예를 좋아하면, 백성을 힘들지 않게 다스릴 수 있다.(上好禮, 則民易使也.)' 예는 아랫사람보다 임금이 먼저 지켜야 한다. 그래야 백성이 감화되어 따를 것이다. 윗사람이 예를 지킨다는 뜻은 천리를 받들어 실천함은 물론, 특히 아랫사람에게 도리로써 대하고, 교만을 버리고 더 나아가서는 예양(禮讓)해야 한다. 동양의 도덕 윤리는 쌍무적(雙務的)이다. 아랫사람만 지키고 윗사람은 지키지 않아도 좋다는 것이 아니다. 《역경(易經)》에 있다. '예는 천하를 경륜하는 큰 줄기자 도리며 천하를 바로 세우는 큰 바탕이다.(故禮者, 經綸天下之大經, 立天下之大本也.)' 《예기》에는 '예는 가장 큰 하나, 즉 하늘에 바탕을 둔다.(禮必本於大一)'라고 했다. 《순자(荀子)》 수신편(修身篇)에 있다. '사람은 예 없이는 살 수 없고, 일도 예 없이는 성취할 수 없고, 나라도 예

없이는 안녕할 수 없다.(故人無禮則不生, 事無禮則不成, 國家無禮則不寧.)' 또 《순자》 왕패편(王霸篇)에 있다. '나라에 예가 없으면 바를 수가 없다. 예는 나라를 바로 다스리는 바탕이다. 마치 경중을 재는 저울이나, 곡직을 재는 먹줄이나, 방원을 정하는 규구 같은 것이다.(國無禮則不正, 禮所以正國也. 譬之猶衡之於輕重也, 猶繩墨之於曲直也, 猶規矩之於方圓也.)'

禮者 敬而已矣(예자 경이이의) 예(禮)는 오직 존경하는 것이다. 경(敬)은 경건하다, 자숙하다, 엄숙하다, 남을 공경하다의 뜻. 이이(而已)는 오직 ~할 뿐이다. 예는 천리 앞에 머리 숙이고 천리를 따라 실천한다는 뜻. 이는 바로 하늘에 경건한 자세로 자숙하는 것과 같다. 하늘에 머리 숙일 줄 모르고 오만한 것은 불경(不敬)하고 무례한 짓이다. 《예기》 곡례편(曲禮篇) 첫머리에 있다. '불경해서는 안 된다.(毋不敬)' 현종 주(注)에는 '경건함이 예의 바탕이다.(敬者, 禮之本也.)'라고 있다. 《맹자》 고자(告子) 상(上)에 '공경하는 마음이 바로 예다.(恭敬之心, 禮也.)'라고 했다. 《순자》 권학편(勸學篇)에 있다. '배움은 예에 이르러 끝난다. 즉 그때를 바로 도덕의 극치에 이르렀다고 할 수 있다. 경건한 태도로 예를 지킨다는 것은 예의 문식(文飾)이며, 예의 외형적 표현이다. 오직 공경하는 마음이 중요하다. 마음으로 공경하는 것이 예의 극치라고 할 수 있다.(學至乎禮而止矣, 夫是之謂道德之極. 禮之敎, 文也. 蓋禮之形於外也. 唯恭敬其心而已矣. 其心恭之敬之, 則禮至矣.)'

敬其父則子悅(경기부즉자열) 천자가 백성의 어버이를 예로 공경하면 그들의 자손들이 좋아하고 기뻐한다. 열(悅)은 기쁘다, 좋아하다. 천자는 천하 만민을 다스리는 존엄한 자리에 있다. 그러나 천자도 천리를 따라야 한다. 그것이 예(禮)다. 또 예를 지키는 태도는 하늘 앞에 경건하고 자숙(自肅)하고 오만하지 않아야 하며, 더욱이 하늘의 뜻을 따라야 한다. 하늘은 만물을 키우고자 한다.[天欲養萬物] 그러나 하늘의 뜻을 따라야 할 천자도 만민을 사랑하고 키워야 하며, 동시에 예로써 겸양해야 한다. 그러므로 임금이 스스로 부모에게 효도하듯이, 그 효행을 확대하여 남의 어버이도 공경해야 한다. 효심(孝心)에는 사랑과 공경이 있음은 앞에서 설명했다.

敬其兄則弟悅(경기형즉제열) 천자가 남의 형장(兄丈)을 공경하면 그들의 동생이 기뻐한다.

敬其君則臣悅(경기군즉신열) 천자가 제후국의 임금을 공경하면 그들의 신하가 기뻐한다.

敬一人而千萬人悅(경일인이천만인열) 결국 천자는 한 사람을 공경하지만 여러 사람의 기쁨을 산다는 뜻. 천만인(千萬人)은 많은 사람.

所敬者寡而悅者衆(소경자과이열자중) 천자가 공경할 사람은 적으나, 기뻐할 사람이 많다. 소수를 공경하고 다수의 기쁨을 산다. 이것이 효를 뻗어 남을 공경한 성과다.

此之謂要道也(차지위요도야) 그러므로 효를 가장 기본이며 긴요한 도리라고 한다. 《논어》 학이편(學而篇)에 있다. '군자는 기본에 힘을 쓴다. 기본이 서야 도가 나온다. 효제는

바로 인을 이룩하는 기본이다.(君子務本, 本立而道生, 孝弟也者, 其爲仁之本與.)'

해 설

효를 확대하여 천하를 평화롭게 다스릴 수 있음을 밝혔다.

우선 평천하(平天下)의 바탕은 천하의 모든 사람이 서로 친애하고 화목해야 한다. 그리고 백성을 서로 공경하고 사랑할 수 있게 교화하는 데는 효도를 선양하는 것이 가장 좋으며, 효도를 선양하기 위해서 임금이 솔선수범하여 효를 지키면, 모든 백성이 감화되고 교화되어 따를 것이라고 했다. 다음으로 모든 사람에게 예를 따르고 질서를 지키고 순종하게 가르치고자 하면 제도(悌道)를 선양해야 한다고 했다.

앞의 친애는 인(仁)이고, 다음의 예순(禮順)은 의(義)니, 결국 효제(孝悌)를 바탕으로 인의를 높인다는 뜻이 된다. 다음으로 예악(禮樂)으로 사람의 성정(性情)과 사회의 위계질서 및 국가의 안녕을 기할 수 있음을 밝혔다. 즉 음악은 인간의 성정을 내면적으로 다스리고, 예는 사회 질서를 외형적으로 안정시켜 준다.

옛 중국에서는 정치의 바탕을 예악에 두었는데, 그 본의는 결국 하늘의 이치와 자연의 절주에 맞추어 사람의 마음을 순화하고, 사회나 모든 사람의 기풍과 습속을 개량하고 향상하는 데 있었다. 이처럼 백성에게 효제를 바탕으로 인의를 가르치고, 또 예악으로 백성의 성정과 사회 기풍을 순화 향상할 수 있다고 했으나, 이는 결국 모두가 하늘이 내려준 이치, 즉 예를 지키는 것이다.

예의 본래 뜻은 깊다. '하늘에 제물을 올리고 빌어 하늘로부터 계시를 받는다'는 뜻이 기본 뜻이며, 하늘이 내려주는 계시는 바로 이(理)다. 그러므로 예는 사신치인(事神治人)이다. 즉 천신(天神)을 모심으로써 인간을 다스린다는 뜻도 된다. 물론 인간을 다스릴 때는 하늘의 이치를 따라야 한다. 그러므로 예(禮)는 이(履)와 직결되고, 이(履)는 실천한다는 뜻이다.

이렇게 예는 본래 하늘을 섬기는 뜻이다. 그러므로 사람은 하늘이나 천리(天理) 앞에 경건해야 한다. 하늘은 만물의 창조주이자 양육자(養育者)다. 동시에 하늘은 우주 운행의 주재자이자 모든 섭리의 근원이다. 이러한 위대한 하늘 앞에 시간적으로나 공간적으로나 미미하기 짝이 없는 인간이 경건하고, 또 하늘을 외경(畏敬)하는 것은 당연하다.

아무리 지존지엄(至尊至嚴)한 천자(天子)라 해도 오만할 수 없다. 경건한 마음과 자숙하는 몸가짐으로 엄숙하고 엄격히 하늘의 도리와 하늘의 뜻을 따라 천하를 바르게 다스려야 한다.

정치의 정(政)은 바를 정(正)이고, 바를 정(正)은 '하나에 멈춘다[一止]'이다. 하나에 멈춘다는 것은 바로 하늘, 즉 '하나인 절대적 큰 존재[一大]에 귀의(歸依)한다'는 뜻이다. 하늘을 공경하는 자세로 천하를 다스리면 자연히 경건한 자세로 백성을 대하고, 예양(禮讓)하게 된다. 그러면 그 다스림은 바로 덕치(德治) 교화가 되며, 만민이 즐겁게 순화할 것이다.

효는 만민을 순복하게 하여 왕도덕치를 구현하는 기본이다.

제13 광지덕장廣至德章

13

공자가 말했다.

"군자가 효도로써 백성을 교화하는 경우, 일일이 백성의 집을 찾아다니거나, 나날이 가서 사람들을 보고 가르치는 것이 아니다.

군자 자신이 효도함으로써 천하 만민이 부모를 공경케 한다.

군자 자신이 형제에게 우애를 지킴으로써 천하 만민이 자기 형제를 제(悌)로 사랑하게 한다.

군자 자신이 임금에게 신하의 도리를 다함으로써 천하 만민이 자기 임금을 공경케 한다.

《시경》에 있다. '화락하고 우애로운 군자는 바로 백성의 부모라 할 수 있다.'

만약 군자가 지덕요도(至德要道)인 효를 솔선수범하지 않는다면 어떻게 백성을 잘 교화하여 따르게 할 수 있겠는가? 효는 이렇듯 위대한 것이다."

子曰 君子之敎以孝也 非家至而日見之也.
자 왈 군 자 지 교 이 효 야 비 가 지 이 일 견 지 야

敎以孝 所以敬天下之爲人父者也.
교 이 효 소 이 경 천 하 시 위 인 부 자 야

敎以悌 所以敬天下之爲人兄者也.
교 이 제 소 이 경 천 하 지 위 인 형 자 야

敎以臣 所以敬天下之爲人君者也.
교 이 신 소 이 경 천 하 지 위 인 군 자 야

詩云 愷悌君子 民之父母.
시 운 개 제 군 자 민 지 부 모

非至德 其孰能順民 如此其大者乎.
비 지 덕 기 숙 능 순 민 여 차 기 대 자 호

주

廣至德(광지덕) 지극한 덕을 넓힌다. 지덕은 바로 효다. 군자는 솔선수범하여 효를 지킴으로써 모든 사람을 교화하여 저마다 효를 지키고 온 천하에 인(仁)이 넘치게 한다.

君子(군자) 여기서는 백성을 다스리는 자리에 있는 사람, 지도층, 엘리트의 뜻. 군자는 지(知) · 인(仁) · 용(勇)의 삼달덕(三達德)을 갖춰야 한다.

敎以孝(교이효) 효도로써 백성을 교화한다.

非家至而日見之也(비가지이일견지야) 비(非)는 아니다. 가지(家至)는 가가호호, 집마다 찾아가다. 일견지(日見之)는 백성들을 매일 찾아보다. 정주(鄭注)에 있다. '가가호호 찾아가 매일같이 효도를 말로 가르치는 것이 아니라, 스스로 내 집에서 효행을 솔선수범하여 밖으로 넓게 감화가 뻗어나게 한다는 뜻이다.' 주(周)나라에서는 '천자가 연로자를 아버지 모시듯 했고, 연장자를 형 모시듯 했다.(天子父事三老, 兄事五更.)' 이것은 스스로 효제의 교화를 넓게 편 것이며, 효제는 바로 인(仁)의 바탕이다. 또 《맹자》에는 '요임금이나 순임금의 덕치의 도는 오직 효제뿐이었다.(堯舜之道, 孝悌而已矣.)'라고 했다.

所以(소이) 따라서 ~하게 되다.

天下之爲人父者(천하지위인부자) 천하 만민의 아버지 되는 사람, 즉 모든 백성의 아버지.

詩云(시운) 《시경》 대아(大雅) 동작편(洞酌篇)의 구절.

愷悌君子(개제군자) 개(愷)는 화락하다, 제(悌)는 우애롭다.

해 설

《논어》 안연편(顔淵篇)에도 있다. '군자의 덕행은 바람이라 할 수 있고, 소인의 덕행은 풀이라 할 수 있다. 풀에 바람이 불면 풀이 쏠리듯이 군자의 덕행에 소인이 따른다.(君子之德風, 小人之德草. 草上之風, 必偃.)' 옛날의 왕도덕치는 법령이나 형벌을 위주로 하지 않고, 교화를 바탕으로 삼았다.

교화는 위정자가 솔선하여 인덕(仁德)을 내보임으로써 백성을 감화시켜, 백성들도 덕행을 지키게 하는 것이다. 그리고 위정자가 인덕을 내보이는 첫발은 다름이 아니다. 인(仁)의 바탕인 효와 제(悌)를 자기 집안에서 실천하고, 나아가서는 남의 집 아버지나 형에게도 효와 제를 뻗어 공경하는 것이라 할 수 있다.

여기서 말하는 군자(君子)는 위정자로서 임금과, 정치 참여자로서의 지도층을 포함한다. 즉 백성들 위에 있는 사람이 솔선수범하여 효제 및 충성을 다하면 백성들도 감화되어 천하가 모두 효·제·충을 지키게 될 것이다.

백성들을 효·제·충으로 가르치고 덕화(德化)하는 군자는 바로 백성의 부모라고 할 수 있다. 효·제·충은 바로 사람의 협동인 인(仁)의 바탕이다.

인류는 사랑의 협동으로 발전하고 평화로울 수가 있다. 이것이 바로 대동(大同)이자 평천하(平天下)이자 지어지선(止於至善)의 경지다.

제14 광양명장廣揚名章

14

공자가 말했다.

"군자는 부모를 섬길 때는 효도를 다한다. 그러므로 임금에게 충성으로 받들 수가 있으며, 형을 모실 때 공경을 다한다. 그러므로 윗사람에게 순종할 수가 있다. 군자는 집안을 바른 도리로 다스린다. 그러므로 관직을 수행하는 데 있어 올바른 도리로 다스릴 수가 있다.

이렇게 하여 안에서 덕행의 바탕을 세우고, 이름이 후세에까지 나게 된다."

子曰 君子之事親孝 故忠可移於君 事兄悌 故
자 왈 군 자 지 사 친 효 고 충 가 이 어 군 사 형 제 고

順可移於長 居家理 故治可移於官.
순 가 이 어 장 거 가 리 고 치 가 이 어 관

是以行成於內 而名立於後世矣.
시 이 행 성 어 내 이 명 립 어 후 세 의

주

廣揚名(광양명) 넓게 이름을 높인다.

君子之事親孝(군자지사친효) 군자가 부모를 섬길 때는 효도를 다한다.

故忠可移於君(고충가이어군) 그러므로 충성을 임금에게 옮길 수가 있다. 효는 진심으로 부모를 사랑하고 존경하는 것이다. 이러한 사랑과 존경을 임금에게 옮겨 섬기면 바로 충(忠)이 된다. 주자(朱子)는 '자기의 진심과 최선을 다하는 것이 충이다.(盡己之謂忠)'라고 했다. 《효경》 제1장에는 '효는 처음에는 부모를 섬기고, 나아가서는 임금을 섬기고, 마지막에는 공을 세우는 것이다.(夫孝, 始於事親, 中於事君, 終於立身.)'라고 했다. 또 제5장에서는 '효도로써 나라를 섬기는 것이 충이다.(以孝事國則忠.)'라고 했다. 《대대례(大戴禮)》 본효편(本孝篇)에 있다. '충(忠)은 효의 기본이다.(忠者, 其孝之本與.)' 대효편(大孝篇)에는 '효자는 임금을 잘 모신다. 효자와 충신은 서로가 도리를 같이 한다.(孝子善事君. 蓋孝子忠臣, 相成之道也.)'라고 있다. 《후한서(後漢書)》에 '충신은 반드시 효자 가문에서 구한다.(求忠臣, 必於孝子之門.)'라고 한 이유를 알 수 있다.

事兄悌(사형제) 형을 섬기는 데 공경을 다한다. 제(悌)는 우애, 형제애. 형이나 연장자 및 선배를 공경하고 공손하게 따른다는 뜻.

故順可移於長(고순가이어장) 그러므로 공손하게 순종하는 마음을 선배나 연장자에게 옮겨 지킨다. 집안에서 형을 잘 모시는 사람은 사회에 나가서도 윗사람이나 선배 또는 연장자에게 공경과 순종의 덕을 잘 지킨다. 《효경》 제5장에서 '아버지를 존경하는 마음으로 사회에 나가 윗사람을 존경하면 의(義)를 따라 순종하게 될 것이다.(以敬事長則順.)'라고 했으며, 제12장에는 '백성을 교화하여 천리를 따르게 하는 데는, 제(悌)의 덕을 가르치는 것이 가장 좋다.(敎民禮順, 莫善於悌.)'라고 했다. 순(順)은 의(義)를 따르고 순종한다는 뜻.

居家理(거가리) 거가(居家)는 집에 있을 때, 이(理)는 정(正)의 뜻. 즉 집에서는 몸가짐이나 집안 다스림이나 모두 바르게 한다.

治可移於官(치가이어관) 자신이나 집안을 바르게 다스리는 도리를 관직(官職)에 옮겨 잘 처리하고 또 바르게 다스린다. 《대학》에 있다. '정심(正心) · 수신(修身) · 제가(齊家)하고 나서 치국(治國)한다. 반대로 마음이 바르지 못하면[心不正], 자신을 바르게 수양할 수 없고[身不修], 따라서 집안도 고르게 할 수가 없고[家不齊], 또 나라도 잘 다스릴 수 없다.[國不治]'

是以(시이) 그러므로, 이것으로써.

行成於內(행성어내) 모든 덕행이 안에서 완성된다. 모든 덕행의 바탕은 효제며, 이는 우선 집안에서 아버지와 형을 잘 섬기는 것이다.

名立於後世(명립어후세) 사회나 나라에 공을 세우면 저절로 이름이 후세까지 높이 선양될 것이다. 정주(鄭注)에는 '집안에서 삼덕을 닦음으로써 스스로 이름이 후세에 전한다.(修上三德於內, 名自傳於後代.)'라고 했으며, 이에 공영달(孔穎達)은 다음과 같이 풀었다. '효를 옮겨 임금을 섬기고, 제를 옮겨 연장자를 모시고, 바른 도리를 옮겨 관직에 충실한 것이 삼덕으로 이것을 잘 지키면 높은 명성이 후세에까지 전한다.(移孝以事於君, 移悌以事於長, 移理以施於官, 此三德不失, 則其令名, 常自傳於後世.)'

해 설

집안에서 효제하는 덕행을 그대로 옮겨 임금에게 충성하고, 사회의 연장자나 선배를 잘 섬기고, 또 벼슬하여 관직을 잘 이행하면 저절로 높은 이름이 후세에 전할 것이다. 《효경》 제1장에 '사회에 나아가 바른 도리를 따라 행동하여, 공을 세워서 이름을 후세까지 높이고, 아울러 부모를 빛나게 하는 것이 효도의 마지막 단계다.(立身行道, 揚名於後世, 以顯父母, 孝之終也.)'라고 했는데, 그 바탕은 집안에서 효제를 지키고 행해야 한다. 즉 '안에서 덕행의 바탕을 세우고, 이름이 후세까지 나게 된다.(行成於內 而名立於後世矣).'

이름[名]은 알찬 공적이 있으면 절로 나타나는 것이지, 헛된 명성을 내라는 것이 아니다. 《논어》 위영공편(衛靈

公篇)에 '군자는 죽으면서 이름이 나지 않는 것을 걱정한다.(君子疾沒世而名不稱焉.)'라고 했는데, 이 말은 공을 세우지 못했으므로 이름도 나지 않을 것을 두려워한 말이다. 공을 세우는 것이 주(主)고, 이름은 후차적인 빈(賓)이다. 즉 '이름은 열매의 빈이다.(名者, 實之賓也.)'

사회나 국가에서 공적을 세우는 길은 다름이 아니다. 인(仁)을 구현해야 한다. 인은 '사랑의 협동'이다. 임금에게 충성하는 것도 결국은 임금을 사랑하고 존경하는 마음으로 받들어 섬기고, 지공무사(至公無私) · 광명정대(光明正大)한 나라를 만들고 모든 백성을 잘살게 해주기 위한 일, 즉 바른 정치를 위해 협동하는 것이다. 임금에게 사랑으로 협동하는 것은 바로 충성이자, 인(仁)이다. 그리고 이러한 충성과 애경(愛敬)은 바로 어려서부터 집안에서 부모에게 효도하고, 형제에게 공경하고 순종하는 데서 몸에 배게 마련이다.

사람의 덕행은 하루아침에 이루어지는 것이 아니다. 또 지식이 있고, 머리로 알기만 한다고 좋은 행동을 하는 것도 아니다. 좋은 생각이 머리에만 있지 않고, 가슴속에 굳어져야 하고, 더 나아가서는 가슴속에서 응결된 좋은 덕성이 피를 타고 온몸에 퍼져 몸에 배어야 한다. 그래야 좋은 생각이 행동에 옮겨 나타나는 것이다.

공자가 《논어》 학이편(學而篇)에서 '배우고 두고두고 익

힌다.(學而時習之)'라고 가르친 뜻이 바로 이것이다. 알기만 하면 소용없다. 몸에 배어야 실천할 수 있다.

무엇을 배우고 알 것인가? 천리(天理), 즉 하늘의 도리다. 만물을 조화 속에서 생육화성하는 도리가 바로 천리고, 예(禮)의 근본이다. 생육화성은 바로 창조와 발전이다. 하늘은 쉬지 않는다. 지성무식(至誠無息)이다. 쉬지 않고 창조하는 것이 발전이다. 그러므로 《주역(周易)》에 있다. '하늘의 운행은 세차게 나간다. 군자는 그것을 본받아 스스로 힘차게 일하고 쉬지 않아야 한다.(天行健, 君子自强不息)'

이것은 바로 사람도 천도를 따라 창조와 발전에 참여해야 한다는 뜻이다. 천도를 따라 조화된 창조와 발전에 참여하기 위해 사람은 서로 '사랑으로 협동[仁]'해야 한다. 그리고 인(仁)의 바탕은 효제(孝悌)다.

효제를 몸에 익히고 집안에서 효도하는 것은 바로 천리를 따라 예를 지키는 것이요, 이것은 간접적으로 창조와 발전에 참여하는 것이다. 그러나 집안을 바로 다스리고 또 사회에 나가서 바른 도리로써 다스리는 것은 인간사회에서 적극적으로 창조와 발전에 참여하는 것이요, 따라서 공적과 더불어 이름도 널리 나게 것이다.

앞에서 삼덕(三德)을 지키면 이름이 나게 된다고 한 공영달(孔穎達)의 풀이를 참고하기 바란다.

[부(附) 전지(傳之)]

공자가 말했다.

"가정에 천하를 다스릴 도리가 모두 갖추어져 있다. 엄한 아버지는 임금에 비길 수 있으며, 엄한 형은 연장자나 선배에 비길 수 있으며, 처자나 신첩은 마치 나라의 백성이나 일꾼과 같다고 할 수 있다."

子曰 閨門之內 具禮矣乎 嚴父嚴兄 妻子臣妾
자 왈 규 문 지 내 구 례 의 호 엄 부 엄 형 처 자 신 첩

猶百姓徒役也.
유 백 성 도 역 야

주

閨門之內(규문지내) 한 가정 안에, 집안에. 규(閨)는 본래 궁중(宮中)의 작은 문을 가리키는 말이다. 그러므로 내실(內室)을 심규(深閨)라고 부른다.

具禮矣乎(구례의호) 예가 모두 갖추어져 있다. 사마광(司馬光)은 다음과 같이 풀었다. '예는 천하를 다스리는 법이다. 집안에서는 그 다스리는 범위가 좁지만 역시 다스리는 법은 천하의 그것과 같으며, 그 이치가 모두 갖추어져

있다.(禮者, 所以治天下之法也. 閨門之內, 其治至狹, 然而治天下之法, 擧在是矣.)'

嚴父嚴兄(엄부엄형) 엄한 아버지와 엄한 형을 존엄한 임금과 연장자나 선배 및 윗사람에게 비긴 말이다.

妻子(처자) 처와 자식들.

臣妾(신첩) 하인들. 신(臣)은 남자 종, 첩(妾)은 여자 종. 복비(僕婢)와 같다.

百姓(백성) 나라의 바탕은 백성이다. 해설 참조.

徒役(도역) 일꾼의 뜻.

해 설

이 말은 《금문효경(今文孝經)》에는 없고, 《고문효경(古文孝經)》에만 보인다. 주자(朱子)는 이것을 전(傳)으로 추렸다. 본서는 《십삼경(十三經)》에 있는 판본을 주로 했으므로 여기에 부(附)로 실었다.

본 장의 대의는 천하를 다스리는 법이라고 할 예의 도리가 바로 가정 안에 모두 갖추어져 있음을 밝힌 것이다. 즉 아버지의 도리는 바로 임금의 그것이고, 형장(兄長)의 도리는 윗사람의 그것이고, 처자의 도리는 백성의 그것이고, 남자 종과 여자 종의 도리는 모든 일꾼의 그것이나 같다.

범조우(范祖禹)는 다음과 같이 풀었다. '아버지를 존엄하게 모시는 도리는 바로 임금을 존경하는 도리이고, 형을 존엄하게 대접하는 도리는 바로 윗사람을 공경하는 도리다.(嚴父, 則尊君也. 嚴兄, 則敬長也.)' '나라는 백성이 근본이고, 집은 처자가 근본이다. 백성이 없으면 나라가 있을 수 없고, 처자가 없으면 집안이 있을 수 없다. 따라서 처자를 예로써 대하고, 신첩에게는 도로써 대우함은 마치 나라에서 백성을 중하게 여기고, 일꾼들의 수고를 높이 알아줌과 같다.(國以民爲本, 家以妻子爲本. 非民無以爲國, 非妻與子無以爲家, 待妻子以禮, 遇臣妾以道, 則猶百姓不可不重, 徒役不可不知其勞也.)'

《주역》에도 '집이 바르게 잡혀야 천하가 안정된다.(正家而天下定矣.)'라고 했다. 또 맹자는 말했다. '천하의 바탕은 나라에 있고, 나라의 바탕은 집에 있고, 집의 바탕은 나에게 있다.(天下之本在國, 國之本在家, 家之本在身.)' 이 모든 것은 《대학》의 '집이 고르게 안정되어야 나라가 잘 다스려진다.(家齊而後國治)'와 같은 뜻이다.

제15 간쟁장諫諍章

15-1

증자가 말했다.

"앞에서 깨우쳐 주신 자애, 공경과 부모를 편안히 모시고, 또 이름을 높여야 한다는 효도의 원리에 대해서는 잘 알았습니다. 감히 여쭈겠습니다. 자식이 아버지의 명령을 무조건 따르는 것을 효라고 할 수 있습니까?"

曾子曰 若夫慈愛恭敬 安親揚名 則聞命矣 敢
증 자 왈 약 부 자 애 공 경 안 친 양 명 즉 문 명 의 감

問 子從父之令 可謂孝乎?
문 자 종 부 지 령 가 위 효 호

주

諫諍(간쟁) 바른말로 간하고 권해 올리다. 간(諫)은 간언하

다, 쟁(諍)은 막는다는 뜻이다.

慈愛(자애) 윗사람이 아랫사람을 몹시 사랑하는 것을 자(慈), 또는 자애라고 한다. 즉 부모가 자녀를 사랑함을 말한다.

恭敬(공경) 아랫사람이 윗사람을 공경하다. 자애와 공경은 위아래가 서로 사랑하고 공경함을 말하며, 이것이 효제(孝悌)다. 효제는 쌍무적(雙務的)이다.

安親(안친) 부모를 안락하게 봉양해 올리다. 즉 앞에서 말한 '생즉친안지(生則親安之)'하는 것이다.

揚名(양명) 이름을 높이다. 즉 앞에서 말한 '양명어후세(揚名於後世)'하는 경지다. 효도는 부모를 편안하게 봉양하는 것만으로 끝나지 않는다. 후세에 이름을 높인 공적을 세워야 한다.

聞命矣(문명의) 선생님의 가르침을 잘 들었다. 잘 알았다. 명(命)은 가르침, 교(敎)의 뜻으로 풀이한다. 《예기》 악기편(樂記篇)에 있는, '고악자(故樂者), 천지지명(天地之命)'의 주에 보면 '명(命), 교야(敎也)'<정주(鄭注)>라고 있다.

子從父之令(자종부지령) 자식이 무조건 아버지의 명령을 순종해야.

해 설

앞에서 여러 각도로 효의 원리와 효도의 방법을 풀이했다. 이번에는 증자의 질문을 가지고 중요한 문제를 제기했다. 즉 '효도는 자식이 무조건 부모의 명령을 따라야 하느냐?' 하는 문제였다.

오늘날 우리 주변에서 동양에서는 효도를 존중하고, 따라서 자식이나 젊은이들이 어른에게 눌려 발전하지 못한다고 말하는 사람이 많다. 그러나 효도는 절대로 맹종(盲從)을 강요하는 것이 아니다.

공자는 오히려 임금이나 아버지가 잘못한 경우에는 잘 고치도록 말하여 잘못된 일을 막는 것이 효라고 다음과 같이 밝혔다.

15-2

공자가 말했다.

"그게 무슨 말이냐! 그게 무슨 말이냐!

옛날에 천자는 일곱 명의 간관(諫官)을 두었으므로 비록 어쩌다가 도에서 벗어나도 그들의 간쟁(諫諍)으로 바로 다스릴 수가 있었으며, 따라서 천하를 잃지 않았다.

제후는 다섯 명의 간관이 있었으므로 비록 도에서 벗어나도 그들의 간쟁으로 나라를 잃지 않을 수 있었다.

대부는 세 명의 간관이 있었으므로 비록 도에서 벗어나도 그들의 간쟁으로 일가를 망치지 않을 수 있었다.

선비는 간(諫)하는 벗이 있었으므로 명예를 잃지 않을 수 있었다.

아버지에게는 간하는 자식이 있었으므로 불의에 빠지지 않을 수 있었다.

그러므로 불의(不義)를 마주했을 때, 자식은 아버지에게 간언하고 막아야 하며, 신하는 임금에게 간언하고 막아야 할 것이다.

그러므로 불의를 마주했을 때는 반드시 간언으로 막아야 한다. 무조건 아버지의 명령을 따르는 것을 어찌 효라고 하겠느냐?"

子曰 是何言與 是何言與.
자왈 시하언여 시하언여

昔者 天子有爭臣七人 雖無道 不失其天下.
석자 천자유쟁신칠인 수무도 불실기천하

諸侯有爭臣五人 雖無道 不失其國.
제후유쟁신오인 수무도 불실기국

大夫有爭臣三人 雖無道 不失其家.
대부유쟁신삼인 수무도 불실기가

士有爭友 則身不離於令名.
사유쟁우 즉신불리어령명

父有爭子 則身不陷於不義.
부유쟁자 즉신불함어불의

故當不義 則子不可不爭於父 臣不可不爭於君.
고당불의 즉자불가부쟁어부 신불가부쟁어군

故當不義 則爭之 從父之令 又焉得謂之孝乎.
고당불의 즉쟁지 종부지령 우언득위지효호

주

是何言與(시하언여) 그게 무슨 소리냐? 공자는 두 번이나 이렇게 반문했다. 즉 증자를 나무란 것이다. 여(與)는 여(歟)로 의문과 놀라움이 함께 표현된 어조사.

昔者(석자) 옛날. 공자가 증자에게 말한 때는 도덕적으로 타락했으므로, 옛날 같은 좋은 현상이 없었다. 그러므로 공자는 옛날의 예를 들었다.

爭臣(쟁신) 간언을 올리고 부당한 일을 하지 못하게 막는 신하. 간관(諫官). 옛날의 어사대부(御史大夫)나 간의대부(諫議大夫).

七人(칠인) 반드시 특정된 수라고 볼 수 없고, 단계적으로 7, 5, 3으로 천자, 제후, 대부의 순으로 차이를 두기 위한 숫자라고 볼 수 있다. 정주(鄭注)에 있다. '7명은 태사(太師)·태보(太保)·태부(太傅)와 우보좌필(右輔左弼) 및 전의후승(前疑後丞)이다. 그러나 여기의 7명은 특정인을 가리키는 것은 아닐 것이다.' 무릇 수(數)는 1에서 시작하고 9로 끝난다. 따라서 1은 수의 시초이고, 9는 끝이며, 5는 수의 중간이고, 3은 작은 수, 7은 많은 수를 가리킨다. 옛글에 나오는 7이나 5 등은 실수(實數)가 아니고 상징적 수를 가리킬 때가 많다.

雖無道(수무도) 비록 천자 자신이 도나 덕을 잃는 수가 있다 하더라도.

不失其天下(불실기천하) 간언으로 잘못을 막은 덕택에 천하를 잃지 않게 되었다.

五人(오인) 5는 반드시 실수(實數)가 아니라고 보아도 좋다. 옛날의 제후에게는 태사우(太史友)·내사우(內史友)와 기보(圻父)·농보(農父)·굉보(宏父)가 있었다. 기보는 사마(司馬)에 해당하고, 농보는 사도(司徒), 굉보는 사공(司空)에 해당한다. 보(父)는 보(甫)로, 제후와 가까이 벗같이 지내므로 우(友)라고도 하고 또 높여서 보(父)라고도 한다.

三人(삼인) 대부에게는 실로(實老) · 종로(宗老) · 측실(側室) 같은 부하가 있었다. 실로는 가신(家臣)에 해당하고, 종로는 종신(宗臣), 측실은 관원(官員)이다.

士有爭友(사유쟁우) 선비에게는 충고하는 벗이 있다.

身不離於令名(신불리어령명) 자기에게 좋은 명성이 떠나지 않는다. 즉 충고하는 벗이 있으면 부도덕에 빠지지 않으므로 자연 욕된 소리나 악명을 듣지 않을 것이다. 사마광(司馬光)은 다음과 같이 풀이했다. '선비는 신하를 거느릴 수가 없으므로, 벗의 도리로 간언하게 마련이다.(士無臣, 故以友爭.)' 영명(令名)은 좋은 명성. 영(令)은 선(善).

父有爭子(부유쟁자) 아버지에게 간하는 아들이 있어야 아버지가 불의에 빠지지 않는다. 《예기》 내칙(內則)에 있다. '부모에게 잘못이 있을 때, 자식은 기를 누르고 부드러운 얼굴과 말로 간한다. 간해도 듣지 않을 때라도 더욱 부모에게 공경과 효도해야 하며, 부모의 마음이 풀릴 때를 보아 다시 간한다.(父母有過, 下氣怡色, 柔聲以諫. 諫若不入, 起敬起孝, 說則復諫.)'

當不義(당불의) 불의한 일을 마주했을 때. 아버지나 임금이 불의를 저지르려 할 때.

不可不爭於父(불가부쟁어부) 아버지에게 간하지 않을 수 없다.

從父之令(종부지령) 아버지의 명을 무조건 맹목적으로 따르다.

焉得謂之孝乎(언득위지효호) 어찌 효라고 말할 수 있겠는가?

해 설

증자가 부모의 말을 무조건 따르는 것이 효도냐고 묻자, 공자는 '그게 무슨 말이냐! 그게 무슨 말이냐!'라며 두 번이나 되묻고, 효도는 그런 것이 아님을 밝혔다. 효도는 대의(大義)나 천리(天理)에서 나온 것이다. 따라서 모든 도덕의 기준은 대의나 천도 또는 천리에 근거해야 한다.

부모를 존경하고 잘 모시는 것이 효도라고, 무조건 부모의 잘못이나 부모의 불의를 따르는 일은 집안이 망하는 일이니, 그런 일은 효가 아니다.

효는 아들이 아버지의 높은 이상과 좋은 사업을 계승하고 더욱 발전시키는 데 빛이 나게 마련이다. 아버지보다 아들이 더욱 집안을 빛내고 발전시켜야 그것이 참다운 효다. 즉 동양의 천도(天道)는 우주적 창조와 발전의 길이며, 이 천도를 바탕으로 한 효는 자기 집안을 창조와 발전으로 이끄는 것이다.

따라서 효자는 자신이 자기 집안을 창조와 발전의 길로 끌고 갈 뿐만 아니라, 부모가 그와 반대 방향, 즉 불의의 길로 가려 할 때는 성심과 정성을 기울여 간하고 막아야 한다. 그렇지 않고 부모의 불의를 방관하면 결과적으로 패가망신한다면 이것은 효가 아니다.

그러나 자식이 부모에게 간할 때는 신중해야 한다. 우선 의와 불의에 대한 올바른 판단이 있어야 하고, 또 간하는 태도가 어디까지나 사랑과 정성에서 나와야 한다. 절대로 자식이 제멋대로 부모에게 무례한 태도로 반대해서는 안 된다. 그런 태도는 효가 아니고 악덕(惡德)이다.

신하와 임금 관계에서도 마찬가지다. 임금이 불의에 빠졌을 때는 충성심에서 간언을 올려 임금의 불의나 부덕을 막아야 한다. 그래야 나라와 백성이 바르게 번영할 것이다.

정주(鄭注)에 있다. '임금이나 아버지에게 불의가 있는데도 신하나 자식 된 자가 간쟁하지 않으면 나라가 망하고 집안이 멸할 것이다.(君父有不義, 臣子不諫諍, 則亡國破家之道也.)' 또 다음과 같이 말하기도 했다. '맹목적으로 부모를 따르고, 좋은 일이나 나쁜 일이나 복종하며, 자기의 진심을 감추고 나타내지 않는다면, 어찌 효라고 할 수 있겠는가?(委曲從父母, 善亦從善, 惡亦從惡, 而心有隱, 豈得謂孝乎.)'

그러나 간한다고 윗사람이 반드시 듣지는 않을 것이다. 그럴 때는 어떻게 해야 하나? 《논어》 이인편(里仁篇)에 있다. '부모를 섬길 때는 조심스럽게 간해야 한다. 자식의 뜻을 받아주지 않아도 역시 부모를 공경하고 부모에게서 멀어지거나 거역하는 태도를 취해서는 안 된다.

또 자식은 오직 고생스럽게 마음을 쓰고 부모를 위하되, 조금도 원망하는 태도를 보여서는 안 된다.(事父母幾諫, 見志不從, 又敬不違, 勞而不怨.)' 또 《예기》 곡례편(曲禮篇)에 있다. '자식이 부모를 섬김에 있어 세 번 간해도 듣지 않을 때는 즉 큰 소리로 울며 따른다.(子之事親也, 三諫而不聽, 則號泣而隨之.)'

효나 충은 무조건 부모나 임금의 나쁜 도리까지 따라야 하는 것이 아님을 잘 알아야겠다.

제16 감응장感應章

16

공자가 말했다.

"옛날의 영명한 임금은 아버지를 섬기는 데 효도를 다했으며, 따라서 하늘을 섬기는 데도 밝았다. 또 어머니를 섬기는 데도 효도를 다했으며, 따라서 땅을 섬기는 데도 밝았다. 또 장유(長幼) 간에 제순(悌順)의 덕을 넓히고 지키게 했으므로, 윗사람과 아랫사람이 화목하게 잘 다스려졌다. 또 천도(天道)와 지덕(地德)을 밝게 살피고 잘 따랐으므로, 신명이 밝게 나타나 복을 내려주었다.

그러므로 천자라도 반드시 존경해야 할 사람이 있으니 바로 아버지고, 또 반드시 앞세워야 할 사람이 있으니 바로 형이다.

종묘에 제사를 올리고 경건하게 모시는 것은 선조의

은덕을 잊지 않음이다.
자신의 몸을 닦고 행동을 삼가는 것은 잘못을 저질러 선조에게 욕을 돌리게 하지 않을까 겁내기 때문이다.
종묘에 제사를 경건히 모시면, 귀신도 지성에 감동하여 많은 강복을 준다.
이렇듯이 효제의 도리를 지극하게 지키면, 신명에 통하고, 그 빛이 사해에 밝게 나타나고 어디에나 통하지 않는 곳이 없다.
《시경》에 있다. '서쪽에서나 동쪽에서나, 남쪽에서나 북쪽에서나 문왕의 덕에 순복하지 않는 사람이 없었다.'"

子曰 昔者 明王事父孝 故事天明 事母孝 故
자 왈 석 자 명 왕 사 부 효 고 사 천 명 사 모 효 고

事地察 長幼順 故上下治 天地明察 神明彰矣.
사 지 찰 장 유 순 고 상 하 치 천 지 명 찰 신 명 창 의

故雖天子 必有尊也 言有父也 必有先也 言有
고 수 천 자 필 유 존 야 언 유 부 야 필 유 선 야 언 유

兄也.
형 야

宗廟致敬 不忘親也.
종묘치경 불망친야

修身愼行 恐辱先也.
수신신행 공욕선야

宗廟致敬 鬼神著矣.
종묘치경 귀신저의

孝悌之至 通於神明 光於四海 無所不通.
효제지지 통어신명 광어사해 무소불통

詩云 自西自東 自南自北 無思不服.
시운 자서자동 자남자북 무사불복

주

感應(감응) 감동하고 응답하다. 즉 지극한 효도에는 하늘과 땅 및 모든 사람과 귀신까지도 감동하고 많은 복을 내려준다는 뜻.

明王(명왕) 옛날의 영명(英明)한 임금, 명덕(明德)을 갖춘 제왕.

事父孝(사부효) 아버지를 섬김에 있어 효도를 다했다.

事天明(사천명) 하늘을 섬기는 데도 밝았다. 즉 천도(天道)와 천리(天理)를 밝게 알고 잘 따랐으므로, 그 결과 만물이 번성했고, 나라도 잘 다스려졌고, 백성도 안락하게 지낼 수가 있었다는 뜻. 천(天)은 만물을 창조하고 끝없이 발전시키는 도리의 근원이다. 《주역》에 있다. '건은 하늘이다. 따라서 아버지라 한다. 곤은 땅이다. 따라서 어머니라 한다.(乾, 天也, 故稱乎父. 坤, 地也, 故稱乎母.)' 아버지에게 효도를 지극히 한다는 것은 자연히 하늘을 모시는 도리에 통하고, 어머니에게 효도를 다하는 것은 바로 땅을 모시는 도리에 통한다.

事母孝 故事地察(사모효 고사지찰) 어머니를 섬김에 있어 효도를 다하므로, 따라서 땅을 섬기는 도리도 밝게 알게 된다. 찰(察)은 밝게 살피다. 땅은 하늘의 도를 받아 만물을 키우고 번성시킨다. 따라서 지덕(地德)이라고 한다. '땅을 섬기는 데 밝다[事地察]'는 뜻은 결국 하늘의 도리, 즉 만물을 생육화성하는 천리(天理)를 따라 만물을 땅 위에서 실제로 생육화성하는 데 밝다는 뜻이 된다. 옛날이나 지금이나 영명한 지도자는 하늘의 도리를 따라 땅 위에서 만물을 끝없이 창조하고 발전시켜야 한다. 그것이 바로 천도를 따라 지덕을 지키는 것이다.

長幼順(장유순) 옛날의 영명한 임금은 부모를 잘 섬기는 효를 확대하여 제(悌)로 형에게는 공손했고, 동생에게는 우애로웠으며, 따라서 일가의 모든 형제가 서로 제순(悌順)했다.

上下治(상하치) 따라서 한 나라에서도 모든 사람이 제순했으므로 위아래가 화목했고, 잘 다스려졌다. 《대학》에 있다. '윗사람이 연장자를 잘 모시면 모든 백성도 효를 잘 지키고, 윗사람이 연장자를 잘 공경하면 모든 백성도 제순(悌順)하고, 윗사람이 불쌍한 사람을 잘 돌보고 구제하면 모든 백성이 도에서 벗어나지 않게 된다.(上老老, 而民興孝. 上長長, 而民興悌. 上恤孤, 而民不倍之義也.)'

天地明察 神明彰矣(천지명찰 신명창의) 천도와 지덕을 밝게 알고 살피고, 또 따르면 신명(神明)이 밝게 나타난다. 신명은 하늘, 신(神), 또는 하늘이나 신의 오묘한 창조와 발전의 조화의 뜻까지 포함하고, 또한 이러한 하늘의 신명을 그대로 이어받은 인간의 심령(心靈)의 뜻으로 풀이할 수도 있다. 신명창의(神明彰矣)란 오묘한 하늘의 조화가 밝게 나타나 많은 복을 내린다는 뜻과 아울러, 그러한 신명이 인간에게도 밝게 나타난다는 뜻을 겸하고 있다. 《효경》 제7장의 '하늘의 높고 밝은 우주 원리를 따르고, 아울러 만물을 양육하는 땅의 바른 이치에 의지하고, 나아가 천하의 모든 사람이나 만물을 순화(順化)하는 것이다. 그러므로 온 나라는 엄숙하게 조이지 않아도 스스로 교화될 것이고, 온 천하는 엄격하게 조이지 않아도 잘 다스려질 것이다.(則天之明, 因地之利, 以順天下. 是以其敎不肅而成, 其政不嚴而治.)'라고 한 뜻과 비슷하다. 또 본 장에 나오는 '효제의 도리를 지극하게 지키면, 신명에 통하고, 그 빛이 사해에 밝게 나타나고, 어디에나 통하지 않는 곳이 없다.(孝悌之至, 通於神明, 光於四海, 無所不通.)'와 같다. 즉 부모에게 효도하는 것은 그 도리에 있어 바로 하늘과 땅을 섬기고, 천도와 지덕을 밝게 알고 따르는 것이 된다. 따라서 천지신명이 감동하여 많은 복을 내려줄 것이다.

雖天子(수천자) 비록 천자라 할지라도. 인간 세상에서 천자는 가장 존귀한 자리에 있다. 그러나 그 천자도 아버지가 있을 것이니 결국 천자보다 더 존귀한 사람이 있을 것이다(必有尊也).

言有父也(언유부야) 천자에게도 반드시 존귀한 사람이 있을 것이라고 한 말은 바로 아버지가 계시다는 뜻이다.

必有先也 言有兄也(필유선야 언유형야) 천자에게도 반드시 앞세워야 할 사람이 있으니, 바로 형이다. 《예기》 악기편(樂記篇)에 보면 옛날에는 태학(太學)에서 삼로(三老)와 오경(五更)을 부(父)와 형(兄)으로 예우했다(食三老五更於太學). 이것도 효제의 도를 진작하기 위한 일이었다. 삼로 오경에 대해서는 설이 일정하지 않으나, 삼로는 천지인(天地人)의 도를 대표하는 최고령자이고, 오경은 오행지도(五行之道)를 상징하는 갱년기, 약 50~60세의 선배일 것이다. 다른 설도 있다.

宗廟致敬 不忘親也(종묘치경 불망친야) 종묘에서 제사를 드리고 경의를 표하는 것은 선조를 잊지 않음이다. 종(宗)은 존(尊), 묘(廟)는 모(貌)의 뜻이 있다. 따라서 종묘는 선조의 모습을 존엄하게 배알하는 곳이다. 정주(鄭注)에 있다. '종묘를 만들어 계절에 따라 목욕재계하고 제사를 지내는 것은 선조를 잊지 않고자 함이다.(設宗廟四時齋戒以祭之, 不忘其親.)' 《예기》 제의편(祭義篇)에 있다. '효자는 제사를 지낼 때 온갖 정성을 다하고 온갖 믿음을 다 올리고 모든 예를 다하고, 절대로 잘못을 저지르지 않는다. 나갈 때나 물러날 때나 지극히 경건한 태도를 지니고 마치 살아계신 분 앞에서 친히 말을 듣는 듯이 모신다.(孝子之祭也, 盡其慤而慤焉, 盡其信而信焉, 盡其禮而不過失焉. 進退必敬, 如親聽命.)'

修身愼行 恐辱先也(수신신행 공욕선야) 내 몸을 수양하고 행동을 신중히 하는 까닭은 혹시나 잘못하여 선조를 욕보일까 두려워서다. 정주(鄭注)에 있다. '몸을 닦는다는 것은 감히 훼손하지 않음이고, 행동을 신중히 한다는 것은 위태로운 일을 하지 않는 것이다. 이 모두가 선조를 욕되게 할까 두려워 삼간다.(修身者, 不敢毁傷. 愼行者, 不歷危殆. 恐其辱先也.)' 선(先)은 선조의 뜻이다. 《예기》 곡례편(曲禮篇)에 있다. '아들 된 자는 높은 데 오르지 않고, 깊은 데 가지 않고, 남을 욕하지 않고, 또 비웃지도 않는다.(爲人子者, 不登高, 不臨深, 不苟訾, 不苟笑.)' 이러한 위험과 경망은 무가치하게 자신을 죽음에 이르게 하거나, 다치게 하거나, 혹은 다른 사람과 싸움을 초래하여 집안이나 선조를 욕되게 할 수 있다. '자신을 수양하여 남을 잘 다스려(修己治人)' 공을 세우고 이름을 높이는 것이 효다. 이와 반대로 위험한 일이나 욕먹을 일을 하는 것은 불효다. 《예기》 제의편(祭義篇)에 있다. '한 발 걸을 때도 부모님 생각을 한다. 따라서 길을 가도 지름길로 가지 않고, 물에는 반드시 배를 타고, 함부로 건너지 않는다. 감히 부모가 물려준 귀한 몸을 가지고 위태로운 일을 하지 않는다.(壹擧足而不敢亡父母, 是故道而不徑, 舟而不游. 不敢以先父母之遺體行殆.)'

宗廟致敬 鬼神著矣(종묘치경 귀신저의) 종묘에서 제사를 올리고 정성을 다 바치면 귀신도 감동하여 많은 효험을 나타내고 복을 내린다. 여기서 말하는 귀신은 종묘에 모신 선조의 혼령을 뜻한다. 《주역(周易)》에는 '음양을 측량할

수 없는 것이 신이다.(陰陽不測之謂神)'라고 있다. 또 '하늘은 신, 땅은 기, 사람은 귀(天曰神, 地曰祇, 人曰鬼)'라고 한다. 즉 천신(天神)·지기(地祇)·인귀(人鬼)다. 저(著)는 밝게 나타나다.

孝悌之至(효제지지) 지(至)는 이르다, 도달하다. 아울러 지극하다는 뜻. 즉 효제가 지극하게 이르면.

通於神明(통어신명) 신명에게도 통한다. 영계(靈界)에도 통한다.

光於四海(광어사해) 사방에 빛을 낸다. 온 세계에 밝게 빛나다. 광(光)은 충(充), 가득 차다로도 풀이할 수 있다.

無所不通(무소불통) 통하지 않는 곳이 없다. 정주(鄭注)에는 다음과 같이 풀었다. '효가 하늘에 이르면 즉 바람이나 비가 때를 잘 맞추고, 효가 땅에 이르면 즉 만물이 잘 자라고, 효가 사람에게 이르면 즉 모든 사람이 줄지어 와서 공물을 바친다. 따라서 통하지 않는 곳이 없다.(孝至於天, 則風雨時. 孝至於地, 則萬物成. 孝至於人, 則重譯來貢, 故無所不通.)'

詩云(시운) 《시경》 대아(大雅) 문왕유성편(文王有聲篇)의 구절.

無思不服(무사불복) 문왕의 덕에 복종하지 않을 사람이 없다. 복(服)은 속으로부터 즐거운 마음으로 복종하는 것.

해 설

효는 '하늘의 변하지 않는 진리[天之經]'이자 '땅의 도의자 덕[地之義]'이며, '사람이 행할 인륜[民之行]'이다. 효는 천도(天道)와 지덕(地德)과 인행(人行)을 일관하는 덕행이다. 따라서 효는 천(天) · 지(地) · 인(人)을 일관한다.

하늘은 만물을 창조하고 끝없이 번성 발전하는 원리, 즉 천도의 주재자다. 그리고 땅은 하늘의 원리를 따라 만물을 직접 키우고 자라게 한다. 이것이 바로 지덕(地德)으로 득(得)에 통한다. 하늘의 도리를 따라 만물의 생육화성을 얻게 하는 것이 바로 땅이며, 그러한 덕이 지덕이다. 그리고 사람은 천도를 터득하고 지덕을 살피고 따라서 만물을 창조 발전시켜야 한다. 이것이 인간의 책임이다.

그러기 위해서 하늘은 사람을 만물의 영장(靈長)으로 만들고, 만물을 주관하여, 하늘 대신 하늘의 창조와 발전을 주관하고 성취하게 명을 내렸으며, 그러한 성품과 능력을 인간 본성에 부여하였다. '천명지위성(天命之謂性))' '천공, 인기대지(天工, 人其代之)'가 바로 그런 뜻이다.

이렇게 볼 때 효는 바로 천 · 지 · 인을 일관하는 도덕의 기본이다(孝, 德之本也). 그러므로 아버지에 대한 효는 바로 하늘에 통하고, 어머니에 대한 효는 바로 땅에 통한다. 부모에 대한 효를 뻗어 형제에 대한 우애와 제순(悌順)으로 확대하면 바로 사회나 천하의 모든 사람이 위아래가 화목하고, 사랑으로 협동하여 더욱 창조와 발전을 이룩할 것이다. 이것이 바로 인(仁)이다.

이렇듯 효는 하늘과 땅과 모든 사람에게 통하는 동시에 더욱 효의 정성은 이승이 아닌 저승, 즉 심령계(心靈界)에도 통한다. 즉 종묘에서 정성을 다하고 제사를 올리면 선조의 영혼도 감응하여 많은 복을 내린다. 그러므로 지극한 효는 신명에 통하고, 시간과 공간을 초월하여 어디에나 빛나고, 또 넘치게 마련이다. 이것이 바로 '지성이면 감천(至誠感天)'이다.

제17 사군장事君章

17

공자가 말했다.

"군자가 임금을 섬기는 태도는 다음과 같다. 벼슬에 나아가서는 충성을 다하고, 벼슬에서 물러날 때는 허물이나 잘못을 보충하고 메꾸려 생각한다. 임금의 좋은 점은 높이고 따르며, 임금의 나쁜 점은 바로잡아 고치게 한다. 그러므로 상하가 서로 진심으로 친애하고 화목할 수 있다.

《시경》에 있다. '충심으로 임금을 사랑하니, 어찌 말하지 않으리오! 가슴 깊이 충성심을 지니고 있으니, 어느 날인들 임금 사랑 잊으리오!'"

子曰 君子之事上也 進思盡忠 退思補過 將順
자 왈 군 자 지 사 상 야 진 사 진 충 퇴 사 보 과 장 순

其美 匡救其惡 故上下能相親也.
기미 광구기악 고상하능상친야

詩云 心乎愛矣 遐不謂矣 中心臧之 何日忘之.
시운 심호애의 하불위의 중심장지 하일망지

주

事君(사군) 임금을 섬기다.

君子之事上也(군자지사상야) 상(上)은 임금, 사상(事上)은 사군(事君)과 같다. 지(之)는 자구(字句)에서 주어와 술어를 연결하는 허사로 별 뜻이 없다.

進思盡忠(진사진충) 진(進)은 벼슬에 나아가서는. 사(思)는 생각하다, 애를 쓰다. 진충(盡忠)은 충성을 다하다. 충(忠)은 '자기의 최선을 다하다(盡己之謂忠)' 또는 지공무사(至公無私)이다. 충성은 맹목적으로 윗사람에게 굴복, 복종하는 뜻이 아니다. 《근사록(近思錄)》에 '잘못을 깨우쳐 주지 않는 것은 충이 아니다.(不告其過, 非忠也.)'라고 있다. 또 효의 연장이 충(忠)이다. 따라서 가정에서 아버지와 아들이 사랑으로 협동하는 것이 효라면, 나라에서 군신(君臣)이 사랑으로 협동하는 것은 충이다. 즉 나를 위해서가 아니라 나라를 위해 공평무사하게 자기의 최선을 서로 다 바쳐야 한다. 그러므로 충도 쌍무적(雙務的)이라 할 수 있다. 또 충과 효의 관계는 의(義)에서 볼 때 크고 작은 것이라 할 수 있다. 따라서 대의(大義)를 위해서는 소아(小我)를 버리듯, 만약에 나라에 대한 충성과 내 집안을 위한 효가 서로 일치하지 않을 때는 대의에 속하는 충을 따라야 할 것이다. 적이 쳐들어와 나라가 위태로운데도 효도를 지킨다고 전쟁터에 나가지 않는 행위는 참된 효도가 아니다. 효는 나라와 겨레, 더 나아가서는 전 인류와 세계의 창조와 발전을 위한 것이다. 따라서 소아(小我)인 효를 버리고 대아(大我)인 충을 따라야 한다. 정주(鄭注)에 있다. '임금이 어려움에 처했을 때 목숨을 버리는 것이 충성을 다하는 길이다.(死君之難, 爲盡忠.)'

退思補過(퇴사보과) 벼슬에서 물러날 때는 잘못을 보충하여 메꾸고자 한다. 여기에는 두 가지 설이 있다. 임금의 잘못을 보충하고자 한다, 또는 자기 자신의 부족을 메꾼다. 두 가지 모두 통한다.

將順其美(장순기미) 장(將)은 도와주다, 순(順)은 높이 나타내고 따르게 하다. 미(美)는 좋은 점. 즉 임금의 좋은 점을 거들어 잘 나타내게 하고 모든 사람이 따르게 한다.

匡救其惡(광구기악) 광(匡)은 정(正)으로 바로잡는다. 구(救)는 구제하다. 즉 임금의 악덕은 바로잡아 고쳐서 악덕에 빠지지 않게 구제한다.

相親(상친) 서로 친애하고 화목하다.

詩云(시운) 《시경》 소아(小雅) 습상지편(隰桑之篇)의 구절.

心乎愛矣(심호애의) 마음으로 사랑하다, 경애(敬愛)하다.

遐不謂矣(하불위의) 어찌 말하지 않으리오. 하(遐)는 하(何)나 호(胡)의 뜻으로 푼다. 하(遐)는 '멀다[遠]'의 뜻도 있다. 따라서 '멀다고 말하지 않는다'로 풀이하기도 한다.

中心臧之(중심장지) 장(臧)은 선(善)의 뜻. 그러나 장(藏)으로 보고 '지니다'로 풀기도 한다. 즉 '가슴속에 착한 충성심을 품고 있다'의 뜻.

해 설

앞에서 효와 충의 관계를 말한 곳이 많았는데, 결국 효와 충은 한 줄기의 도덕임을 알 수가 있다.

여기서는 주로 임금을 섬기는 군자의 진지하고 정성 어린 충성을 말했다. 즉 벼슬에 나아가서나 물러나서나, 항상 임금을 성심으로 받들고, 또 임금이 대의(大義)에서 벗어나지 않게 보좌해야 한다. 그것이 진정한 충성이다. 충성은 임금을 위해 바치는 것이다. 임금도 나라를 공평무사하게 다스려야 한다.

따라서 신하는 진정으로 임금을 사랑하여 그 잘한 점은 내세워 모든 사람이 따르게 하고, 임금의 잘못이나 허물은 신하가 고쳐 메꾸어 나라에 화가 미치지 않게 해야 한다. 이것은 집안에서 부모에게 효도하는 것과 같은 원리며, 이것이 바로 사랑에 의한 협동, 즉 인(仁)의 도리기도 하다.

제18 상친장喪親章

18-1

공자가 말했다.

"효자가 부모상을 입었을 때, 곡은 하되 애처로운 울음소리로 길게 끌지 않으며, 예를 차림에 있어 용모를 꾸미지 않고, 말하는 데도 꾸미지 않는다.

아름다운 옷을 입어도 마음이 편하지 않고, 음악을 들어도 즐겁지 않고, 맛있는 음식을 먹어도 달지 않게 느껴지니, 이것이 바로 돌아가신 부모를 애도하는 것이다.

부모가 돌아가신 지 사흘이 지나서는 효자도 음식을 먹어야 한다. 그것은 모든 사람에게 '돌아가신 부모를 지나치게 슬퍼한 나머지 산 사람이 다쳐서는 안 되고, 또 지나친 애도로 산 사람의 성정(性情)을 멸하게 되어서는 안 된다는 것'을 가르치기 위한 처사로, 이것은 성인이 바르게 정한 제도다."

子曰 孝子之喪親也 哭不偯 禮無容 言不文.
자왈 효자지상친야 곡불의 예무용 언불문

服美不安 聞樂不樂 食旨不甘 此哀戚之情也.
복미불안 문악불락 식지불감 차애척지정야

三日而食 教民無以死傷生 毁不滅性 此聖人之
삼일이식 교민무이사상생 훼불멸성 차성인지

政也.
정야

주

喪親(상친) 부모상을 모시다. 부모님이 살아계실 때는 지극히 효도하고, 돌아가시면 상례(喪禮)와 제례(祭禮)를 다해야 한다. 《논어》 학이편(學而篇)에도 있다. '부모님의 장례를 신중히 모시고, 또 제사로써 선조를 추모해야 백성의 덕풍이 돈후하게 될 것이다.(愼終追遠, 民德歸厚矣.)' 효의 유종의 미(有終之美)는 바로 신종추원(愼終追遠)이다.

哭不偯(곡불의) 곡(哭)은 하되 가는 울음소리를 길게 끌지 않는다. 또는 곡할 때는, 곡에 있어서. 《예기》 간전편(閒傳篇)에 있다. '참최 입은 사람의 곡은 소리를 내고 되돌아오지 않게 하고, 재최 입은 사람의 곡은 소리가 되돌아올 듯이 하고, 대공 입은 사람의 곡은 세 번 꺾어지는 듯 여운이 있게 한다.(斬衰之哭, 若往而不反. 齊衰之哭, 若往而反. 大功之哭, 三曲而偯.)' 의(偯)는 애처로운 소리를 길게 뽑는 형용. 부모가 돌아가시면 서러움이 복받치게 마련이다. 따라서 그 곡소리도 왈칵하고 울음이 나오지, 애처롭게 길게 끌 수 없을 것이다. 옛날의 예는 사람의 상정(常情)을 바탕으로 정해진 것이다.

禮無容(예무용) 예의를 갖추는 데도 지나치게 의용(儀容)을 꾸며서는 안 된다.

言不文(언불문) 다른 사람하고 말할 때도 지나치게 꾸미는 말이나 장례 이외의 화제, 예를 들어 속세의 이익이나 놀이에 관한 말을 하지 않는다는 뜻. 《예기》에 있다. '상례에 관한 것이 아니면 말하지 않는다.(非喪事, 不言.)'

服美不安(복미불안) 복장이 아름다워도 마음이 편하거나, 안락하게 느껴지지 않는다. 상제가 베옷을 입는 것은 마음속의 슬픔에 어울리는 복장을 갖추기 위한 것이다. 속은 슬픈데 화려한 옷을 입을 수는 없을 것이다.

聞樂不樂(문악불락) 음악을 들어도 즐겁지 않다. 《예기》에 있다. '상을 입었으면 음악에 대해서는 말하지 않는다.(居喪不言樂.)' 이에 대하여 형병(邢昺)은 다음과 같이 풀이했다. '가슴속이 비통하고, 마음이 슬프니, 비록 음악을 들어도 즐거울 수가 없다.(至痛中發, 悲哀在心, 雖聞樂聲, 不爲樂也.)'

食旨不甘(식지불감) 맛있는 음식을 먹어도 달지가 않다. 《예기》 문상편(問喪篇)에 있다. '마음이 비통하고 아프므로 입에 달지 않고, 몸이 편하거나 즐겁지 않다.(痛疾在心, 故不甘味, 身不安美也.)' 《논어》 양화편(陽貨篇)에도 있다. '군자가 상중에 있을 때는 맛있는 것을 먹어도 달지 않고, 음악을 들어도 즐겁지 않고, 안락한 곳에 있어도 편하지 않다.(夫君子之居喪, 食旨不甘, 聞樂不樂, 居處不安.)'

此哀戚之情也(차애척지정야) 이 모두가 애도하는 정에서 그렇게 되는 것이다.

三日而食(삼일이식) 부모상을 당하면 너무나 비통하여 목에 밥이 넘어가지 않는다. 그렇다고 언제까지나 먹지 않을 수도 없다. 따라서 사흘이 지나서는 미음을 먹기 시작한다. 《예기》 문상편(問喪篇)에 있다. '부모가 막 돌아가시면 물이나 국물도 목에 넘길 수가 없고, 사흘 동안 불을 피우지 않는다. 그러므로 이웃 사람들이 미음을 갖다가 상제에게 먹게 한다.(親始死, 水漿不入口, 三日不擧火, 故隣里爲之糜粥以飮食之.)'

敎民(교민) 모든 사람을 가르치다.

無以死傷生(무이사상생) 무(無)는 '~하지 말라, ~하지 못하다.' 이사상생(以死傷生)은 죽은 사람 때문에 산 사람이 다치다. 즉 돌아가신 부모 때문에 살아 있는 자식이 상해서는 안 된다. 못쓰다

毁不滅性(훼불멸성) 훼(毁)는 몰골이 초췌하고 못쓰게 되다. 즉 상제가 지나치게 비통하여 음식을 먹지 않고 몰골이 초췌하게 되는데, 그렇다고 생명이나 성정(性情)조차 멸해서는 안 된다. 성(性)은 생명, 성정의 뜻.

聖人之政(성인지정) 성인이 바르게 다스리고자 정한 것이다. 즉 옛날의 예가 모두 중정(中正)의 도를 정해 놓은 것이라는 뜻.

해 설

《효경》 마지막 장에서 공자는 부모의 장례를 모시는 가르침을 말했다.

죽음은 더없이 엄숙한 일이다. 이 엄숙한 죽음을 장중히 하는 일은 인간의 존엄성과 일치한다. 더욱이 부모의 죽음을 애통하고 장중히 하는 것은 동서고금이 다를 것이 없다. 그러므로 효자가 부모의 장례를 신중하게 치르는 일은 당연하다.

우선 부모상을 당하면 애통한 마음에 음식도 제대로 먹을 수 없고, 즐거운 음악 소리도 귀에 들리지 않고, 또 화려한 복장이나 안락한 거처도 몸에 어색하고 편안하지 않을 것이다. 따라서 옛날의 예는 이러한 마음에 맞게 정해진 제도다. 곡을 해도 마음의 슬픔을 그대로 나타나게 하되 지나치게 어지럽게 하지 않게 한 것이다. 말하자면 호곡(號哭)의 정도를 정해 놓았다. 또 의식은 차리되 지나치게 꾸미지 않고, 남과 이야기하되 잡된 소리를 피하는 것이 부모상에 임하는 상제의 조촐하고 알맞은 태도일 것이다.

한편 지나치게 애통하고 비탄한 나머지, 건강을 해치거나, 바른 성정을 모두 바쳐서는 안 된다. 그러기에 적당히 다시 자기 생활을 되찾는 조치가 있어야 한다. 따라서 '사흘이 지나서는 효자도 음식을 먹어야 한다. 그것은 모든 사람에게 돌아가신 부모를 지나치게 슬퍼한 나머지 산 사람이 다쳐서는 안 되고, 또 지나친 애도로 산 사람의 성정(性情)이 멸하게 되어서는 안 된다는 것을 가르쳐 주기 위한 처사로, 이것은 성인이 바르게 정한 제도다.'라고 했다.

18-2

"상복(喪服) 입는 기간도 3년을 넘지 못하게 했으니, 사람들에게 부모상을 애도하는 데도 끝이 있음을 가르치고자 정한 것이다.

관(棺 : 내관)과 곽(槨 : 외관) 및 수의(壽衣)와 피욕(被褥 : 덮개)을 마련하여 소렴과 대렴을 행한다.

영전에는 보(簠)나 궤(簋) 같은 제기에 제물을 괴어 바치고 부모의 죽음을 애도한다.

상여가 떠날 때는 가슴을 치고 발을 구르며 곡하고 울면서 애통한 심정으로 보낸다.

그리고 좋은 묫자리를 점쳐 정해서 편안하게 모신다.

종묘를 세워 귀신이 제사를 흠향케 한다.

봄가을에 제사를 올리고, 시제(時祭)를 따라 고인을 추모한다.

부모님이 살아 계실 때는 사랑과 공경을 다해 섬기고, 돌아가신 후에는 애도를 다해 섬긴다.

효자는 사람의 사는 본분도 다하고, 아울러 송사양생(送死養生)의 대의도 모두 치름으로써 부모 섬기는 도리를 마친다."

喪不過三年 示民有終也.
상불과삼년 시민유종야

爲之棺椁衣衾 而擧之.
위지관곽의금 이거지

陳其簠簋 而哀慼之.
진기보궤 이애척지

擗踊哭泣 哀以送之.
벽용곡읍 애이송지

卜其宅兆 而安措之.
복기택조 이안조지

爲之宗廟 以鬼享之.
위지종묘 이귀향지

春秋祭祀 以時思之.
춘추제사 이시사지

生事愛敬 死事哀慼.
생사애경 사사애척

生民之本盡矣 死生之義備矣.
생민지본진의 사생지의비의

孝子之事親 終矣.
효자지사친 종의

주

喪不過三年(상불과삼년) 상복 입는 기간을 3년으로 정했다. 《예기》에 있다. '3년의 상은 천하에 공통되는 상례의 규정이다.(夫三年之喪, 天下達喪也.)' '상례를 3년으로 한 이유는 현자도 넘어서는 안 되고, 못난 자도 따르지 않을 수 없는 중용의 상복 기간이다.(喪之所以三年, 賢者不得過, 不肖者不得及, 此喪之中庸也.)' 《논어》 양화편(陽貨篇)에 '재여(宰予)가 공자에게 3년의 복상(服喪)이 너무 길지 않으냐고 묻자, 공자가 부모가 자식을 낳아 품에 안고 키운 은혜를 생각하면 어찌 3년이 길겠느냐?'라고 있다. 부모의 사랑으로 기른 은혜에 보답하는 심정으로 3년 복상의 뜻을 살펴야겠다.

示民有終也(시민유종야) 사람들에게 끝이 있음을 가르쳐 주고자 해서다.

爲之(위지) 돌아가신 부모를 위해 장만하다.

棺椁(관곽) 관은 내관(內棺), 곽은 외관(外棺). 시체를 관에 넣고, 그 관 밖에 다시 나무로 만든 외곽(外椁)으로 덮어 가린다.

衣衾(의금) 본래 의(衣)는 옷, 금(衾)은 이불이나, 여기서는 죽은 사람에게 입히는 수의(壽衣)를 의라 하고, 수의를 입혀 관에 안치하는 것을 소렴(小殮)이라 하고, 시신을 입관한 후에 큰 피욕(被褥, 덮개)으로 다시 덮는데, 이것이 금(衾)이다. 그리고 나서 관을 덮으니, 이것이 대렴(大殮)이다. 의금은 고인의 생전의 신분에 따라 여러 차등이 있다.

擧之(거지) 거행하다, 또는 희생을 바쳐 올리는 것.

陳(진) 진열, 늘어놓다.

簠簋(보궤) 제물을 고이는 제기. 쌀이나 수수 같은 곡물을 주로 고인다. 안이 둥글고 밖이 네모진 것을 보(簠)라 하고, 밖이 둥글고 안이 네모진 것을 궤(簋)라 한다. 보(簠)는 '부'로도 읽는다.

擗踊(벽용) 벽(擗)은 가슴을 치다, 용(踊)은 발을 구르다. 상여를 떠나보낼 때 효자는 너무나 애통하여 가슴을 치고 발을 구르면서 통곡한다.

卜(복) 점치다, 잘 선정하다. 《예기》 상대기(喪大記) 정주(鄭注)에는 '장사지내는 날을 점친다.(卜葬之日也.)'라고 풀었다.

宅兆(택조) 묘혈(墓穴)을 택(宅)이라 하고, 묘의 터전을 조(兆)라 한다. 즉 묘지라고 풀이하면 된다.

安措(안조) 조(措)는 치(置)와 같다. 잘 모시다, 안장(安葬)의 뜻.

宗廟(종묘) 종(宗)은 존(尊), 묘(廟)는 모(貌)의 뜻이 있다. 종묘는 선조를 높이고 모시는 곳이며, 자손이 선조가 살아계신 듯 찾아가서 뵈는 곳이기도 하다.

鬼(귀) 사람이 죽으면 몸은 흙으로 돌아가고, 혼은 하늘로 돌아간다. 즉 돌아간 혼을 귀(鬼)라 한다. 영혼(靈魂)으로 풀이하면 통한다.

享(향) 흠향하다.

春秋祭祀(춘추제사) 춘추는 봄과 가을, 또는 사계절의 뜻이다. 제사는 제사, 또는 제사를 지내다. 정주(鄭注)에 있다. '사계절이 변하고 곡물이 여물어 이를 먹으려 할 때 우선 선조에게 바쳐 올리며, 마치 살아계시듯 생각하고 부모의 사랑을 잊지 못한다.(四時變易, 物有成熟, 將欲食之, 故薦先祖, 念之若生, 不忘親也.)' 이런 심정으로 시제(時祭)를 모셔야 한다.

生事愛敬(생사애경) 부모님이 살아계실 때는 사랑과 공경으로 섬긴다. 《효경》 제5장에 있다. '아버지를 섬기는 효성스런 심정으로 어머니를 섬기되, 특히 사랑하는 마음은 아버지와 어머니가 똑같다. 아버지를 섬기는 효성스런 심정으로 임금을 섬기되, 특히 공경하는 마음은 아버지와 임금이 똑같다. 그러므로 어머니의 경우는 특히 사랑을 취하고, 임금의 경우는 특히 공경을 취하되, 이들 둘을 모두 겸비하여 섬겨 올릴 존재가 아버지다.(資於事父, 以事母, 而愛同. 資於事父, 以事君. 而敬同. 故母取其愛, 而君取其敬, 兼之者父也.)

死事哀慼(사사애척) 부모님이 돌아가시면 애척하는 심정으로 예를 다해서 섬긴다. 즉 진심으로 애척하는 마음으로 상례(喪禮)와 제례(祭禮)를 지킨다.

生民之本盡(생민지본진) 산 사람의 도리를 다한다. 본(本)은 본분, 도리.

死生之義備(사생지의비) 송사양생(送死養生)의 대의가 모두 잘 지켜지다. 송사(送死)는 돌아가신 부모님을 정중히 모시다. 양생(養生)은 자손이 살아남아 잘살면서 효도의 핵심인 계지술사(繼志述事)를 실현한다는 뜻.

해 설

사람은 반드시 죽게 마련이다. 아무리 사랑하는 부모라도 돌아가시지 않게 붙들 수가 없다. 죽음은 누구에게나 오고, 또 아무도 죽음에서 벗어날 수 없다. 그러기에 사람들은 죽음 앞에 엄숙하게 고개 숙이고, 또 죽음 앞에 떨게 마련이며, 동시에 나보다 먼저 가는 사람에게 애도하는 정을 쏟게 마련이다.

효자는 사랑하는 부모님이 돌아가시면 그 마음은 더욱 슬플 것이다. 그러기에 옛날에는 부모 무덤 곁에 움막을 짓고 그곳에서 기거하며 슬픈 심정을 나누며 달래기도 했다.

그러나 효는 감상(感傷)으로만 끝날 수가 없다. 효는 천도(天道)와 지덕(地德)을 이어 우주·천지·만물의 끝없는 '창조와 발전'을 이룩하는 사람의 책임, 인행(人行)을 다하는 것이다.

작게는 내 집을 위해, 크게는 나라와 겨레, 더 나아가서는 세계와 인류의 창조와 발전을 이룩하는 것이 효의 참뜻이자 확대된 효도다. 그러므로 부모의 죽음을 애통해하는 갸륵한 일에도 끝맺음이 있어야 한다. 그러기에 옛날의 예(禮)로 삼년상 이상을 지내지 못하게 정했다.

즉 본문의 '사생지의 비의(死生之義 備矣)'라고 한 것이 바로 이러한 뜻이다. 의(義)는 의(宜), 의(誼)와 아울러 이(利)의 뜻이 있다. 돌아가신 부모님을 위해 진정으로 슬퍼하는 것은 효심(孝心)이며, 인간만이 가질 수 있는 아름다운 정의 표현이다. 그러나 정에만 치우쳐 실질적인 창조와 발전을 잊는다면 무의미하고 가치적 슬기를 모르는 처사다.

아름다운 정과 더불어 가치적 창조와 발전을 이룩하는 것이 바로 '송사양생(送死養生)'의 대의를 겸비하는 길이며, 이것이 바로 효도의 극치, 효의 유종의 미라 할 수 있다.

효는 모든 덕의 바탕이라고 했듯이, 동양의 모든 전통적 도덕 윤리는 정(情)과 이(理)가 잘 조화된 것, 즉 진선미(眞善美)가 삼위일체를 이룬 예술적 경지의 꽃이자 열매라 할 수 있다.

하늘의 진리를 따라 사람들이 사랑으로 협동하여 끝없는 창조와 발전을 이 땅 위에 이룩하는 것이 바로 동양의 전통정신, 즉 유가(儒家) 사상이며, 그 핵심이 효다.

논 문

현대사회와 효의 원리

– 위기와 구제救濟

서울대학교 문학박사 장기근

머리말

오늘같이 동양의 전통사상이 푸대접받는 때에 이것을 말하면 혹시나 시대 역행이라고 오해받기 쉬울 것이다. 그러나 나는 오늘의 모든 사람이 그 참뜻과 참가치를 모르고 푸대접하고, 따라서 더욱 오늘의 인류가 인간소외와 동물 이하로 전락하는 때일수록 동양의 전통사상과 윤리 도덕을 선양(宣揚)함으로써 인류를 구제하고 원상으로 복귀해야 한다고 절감한다.

《예기(禮記)》에 있다. '인간이 물질화하는 것은 다름이 아니다. 천리(天理)를 버리고 멸한 상태에서, 끝없이 인간적 욕심만을 따르기 때문이다.(人化物者, 滅天理而窮人欲者也.)'

오늘 우리는 인간소외와 인간의 기계화 및 물질화를 지적하고 인류의 위기를 고하고 있으나, 이미 동양에서 수천 년 전에 한마디로 공식화해서 말해 왔다. 그러기에 미리 이러한 인류의 위기를 막고 인간의 존엄성을 높이고, 인간의 가치를 제대로 찾아 인간의 본분을 밝히고, 더 나아가서는 인간 책임을 다하기 위한 가르침을 주었다. 그 가르침이 바로 동양의 전통사상이다.

동양의 전통사상의 중심은 역시 유가(儒家) 사상이고, 특히 그 핵심은 효(孝)라 할 수 있다.

《효경(孝經)》에도 있다. '효는 모든 덕의 바탕이다.(孝, 德之本也.)' 또 있다. '효는 하늘의 영구불변하는 진리이자, 땅 위에서 얻어지는 모든 덕이자, 바로 사람이 행할 도리다.(天之經, 地之義, 民之行.)'

이 말들은 다른 뜻이 아니다. 하늘의 원리를 따라 만물이 땅 위에서 성장 · 번식 · 발전하거늘, 이러한 천도(天道)와 지덕(地德)을 받들고 좇아 성취하고 구현하는 자가 바로 사람이라는 뜻이다. 따라서 효는 이 삼재(三才), 즉 천(天) · 지(地) · 인(人)을 일관(一貫)하는 원리이다.

이렇게 효는 우주 · 천지 · 만물이 영원한 시간과 무한한 공간에 걸쳐 창조되고 발전하는 원리의 핵(核)을 가리킨 것이다.

그러나 오늘의 이른바 식자(識者)라고 자처하는 많은 사람이 이러한 올바른 뜻을 제대로 이해하고 있을까?

이해는커녕 터무니없는 곡해(曲解)나 오해를 넘어, 엉뚱하게 효를 매도(罵倒), 배척(排斥)까지 하고 있지 않은가? 오히려 효를 욕해야 새로운 지식을 가진 자인 듯이 착각조차 하고 있지 않은가?
그들의 무식을 탓하고 꾸짖기에 앞서 한탄스럽고 서글프기까지 하다고 하겠다.
무식한 그들은 입을 열면, '동양은 효 때문에 발전하지 못했다. 효는 맹목적으로 부모에게 굴종(屈從)하는 것이므로, 새로운 세대가 고개를 들고 자라날 수가 없다. 효의 연장인 충(忠)도 굴욕적 맹종(盲從)을 강요하므로, 사회정의가 유린 되게 마련이다.'라고 한다.
그러나 이러한 뜻을 담은 말은 동양의 고전 어디에도 나오지 않는다. 고전의 한 줄기라도 제대로 알고 뜻을 터득한다면, 어찌 감히 그런 무책임한 소리를 함부로 할 수 있을까?
오히려 효와 충을 가르치는 책이나 글에는 그들의 말과는 정반대의 가르침만이 있다. 그 예를 몇 개 들어 무식자의 말이 얼마나 터무니없는 소리였는지 밝히겠다.
《맹자(孟子)》의 조기주(趙岐注)에 있다. '예에서 여기는 불효가 셋 있다. 하나는 부모의 뜻에 무조건 아첨하고 바르지 못하게 복종함으로써 부모를 결과적으로 불의에 빠뜨리는 것이다.(於禮有不孝者三. 阿意曲從, 陷親不義, 一也.)' 또 《효경》 간쟁장(諫諍章)에 있다. '불의 앞에서는 아들이 아버지에게 간쟁해 올려야 하고, 신하는 임금에게 간쟁해 올려야 한다.(當不義, 則子不可以不爭於父, 臣不可以不爭於君.)' '불의 앞에서는 간쟁해야지, 부모의 영이라고 맹종하는 것을 어찌 효라 할 수 있겠는가?(故當不義則爭之. 從父之令, 又焉得謂之孝乎.)' 이에 대하여 정주(鄭注)에서는 다음과 같이 풀었다. '임금이나 아버지에게 불의한 일이 있는데도 신하나 자식이 간쟁하지 않으면, 즉 나라가 망하고 집안이 패한다.(君父有不義, 臣子不諫諍, 則亡國破家之道也.)'

이러한 글을 읽었다면 효는 맹종, 곡종(曲從)이 아님을 알 수 있을 것이요, 따라서 감히 동양은 효 때문에 망하고 후퇴했다고는 말하지 못할 것이다.

또 충의 원뜻은 '지공무사(至公無私)'와 '진기(盡己 : 자기의 최선을 다하는 것)'이다. 또 《맹자(孟子)》에는 '남에게 선을 가지고 가르치는 것이 충이다.(敎人以善, 謂之忠.)'라고 했으며, 《근사록(近思錄)》에서는 '잘못을 말해 주지 않음은 충이 아니다.(不告其過, 非忠也.)'라고 했듯이, 충의 원뜻은 천도를 따라 인간이 자기의 최선을 다하는 뜻이다.

충은 신하만이 지키는 것이 아니고, 임금도 하늘을 따라 '지공무사(至公無私)'로써 창조와 발전을 이룩해야 한다. 《중용(中庸)》에 '성(誠)은 천도이고, 천도를 성심껏 받들고 좇는 것이 인도(人道)다.(誠者, 天之道. 誠之者, 人

之道.)'라고 했다. 이 성(誠)은 만물을 끝없이 생성한다는 뜻이다. 따라서 천도, 즉 생성지도(生成之道)를 따라 최선을 다하는 것이 충이다.

이러한 뜻을 모르고 덮어놓고 충·효를 욕하는 것은 무식이 저지르는 죄라고는 하더라도, 결과적으로는 우주·천지·만물의 창조와 발전의 원리를 반대한다는 비난을 면치 못할 것이다. 특히 서양의 근대학문을 배웠다는 사람, 특히 진보와 발전을 누구보다도 강조하는 사람들은 다시는 경솔하게 '동양의 전통사상의 깊이를 모르고' 욕해서는 안 되겠다.

1. 현대사회의 병폐

오늘의 세계는 '물력적(物力的) 메커니즘'에 빠져 혼탁한 악순환을 거듭하고 있다. 모든 것을 물력적 지배력으로 환원하고 힘만을 구가(謳歌)하고 있다. 물질만을 높이고 정신을 버리고, 따라서 인간의 존엄성을 잃었다. 정신의 상실은 신(神)의 상실을 필연적으로 수행하고, 신의 상실은 모든 인류에게 대동(大同)할 수 있는 '하나의 귀착점(歸着點)'을 잃게 했다. 그리하여 오늘의 세계는 모든 것을 무력(武力)으로 환원하여 오직 힘에 의한 지

배에만 골몰하고 있다.

인류애를 바탕으로 한 '우리들의 하나의 세계'를 지향하는 것이 아니라, 강자에 의한 '나의 세계를 수립'하고자 한다. 냉혹한 국제사회 속에서 멸망하지 않고 살아남아서 잘 살기 위해서는 약소국가들도 오직 힘만을 키워야 한다. 힘이 없으면 나라도 민족도 없게 된다. 우리의 유신(維新) 체제도 바로 우리의 생존과 번영을 위한 불가피한 것이었다. 굳게 하나로 뭉쳐야 산다. 내부 분열은 바로 멸망의 지름길임을 깨닫고 깊이 경계해야 한다.

그러나 우리는 인류 역사의 발전을 낙관해도 좋다. 오늘의 현상, 즉 힘에 의한 대립과 지배의 악순환은 영원히 간다고 비관하고 싶지 않다. 로마 제국이나 중국 진(秦)나라의 위력(偉力)은 일시적이고, 기독교나 유교의 덕훈(德訓)은 영원했다. 예수의 신(神)이나, 공자(孔子)의 천도(天道)는 결국 '분산된 나'에서 벗어나 '하나의 우리'로 뭉친 세계를 건설하자는 것이다. 힘의 지배는 '소아(小我)·소이(小異)'를 바탕으로 하나, 천도는 '대아(大我)·대동(大同)'을 바탕으로 한다.

따라서 '소(小)'는 언젠가는 '대(大)'에 흡수되고 말 것이다. 큰 바다가 모든 강물 줄기를 흡수하듯, 평화 세계는 분열과 대립의 여러 나라를 하나로 묶을 것이다. 이것을 동양에서는 일찍부터 '대동이상(大同理想)'이라고 했다.

맹자는 말한 바 있다. '배불리 먹고 따뜻하게 입고 편하게 살아도 교육이 없으면 금수와 가까워진다. 그래서 설(契)을 사도(司徒)로 삼고 인륜을 가르쳤다.(飽食煖衣, 逸居無敎, 則近於禽獸. 聖人有憂之, 使契爲司徒, 敎以人倫.)'

동양에서는 무조건 물질생활의 향상을 반대한 일이 없다. 인(仁)은 모든 사람을 사랑하고 만물을 이용하는 것이다. 즉 '애민이물(愛民利物)'이다. 동양 최고(最古)의 삼황(三皇)은 사람에게 물질생활의 향상(向上)을 가르쳐 준 분들이다. 그러나 오제(五帝)에 와서 자연〔천도〕을 따라 인륜을 세울 것을 강조했다. 즉 물질생활의 향상도 인간 생활을 위해 활용되어야 한다. 물질에 의해 인간의 가치가 떨어지는 현대는 잘못된 것이다.

물질과 힘의 지배는 법치(法治) 만능사상을 낳는다. 힘과 법만으로 다스리는 것을 패도(覇道)라 하고, 덕과 예(禮, 理)로 다스리는 것을 정도(正道)라 한다. 《논어(論語)》 위정편(爲政篇)에 있다. '정략(政略)으로 끌고 형법(刑法)으로 다지면 백성은 법망(法網)을 뚫고 나가고도 치(恥 : 양심적 가책)를 느끼지 않는다. 그러나 덕으로 인도하고 예로써 다지면 스스로 양심적으로 바른 견지에 이른다.(道之以政, 齊之以刑, 民免而無恥. 道之以德, 齊之以禮, 有恥且格.)'

동양에서는 법치 위에 윤리적 예치(禮治)가 있음을 일찍부터 밝혔다. 예치는 다름이 아니다. 예는 '이(理)·이(履)'라고 풀이하듯이 천리를 따르자는 것이다. 기독교에서 '하느님의 뜻이나 계시'를 받아 살자는 경지와 같다.
한마디로 오늘의 사회와 세계는 '하느님의 뜻'이나 '천도'에 어긋나는 길을 걷고 있다 하겠다. 천도는 인류 전체의 '공생(共生)·공존(共存)·공진화(共進化)'의 길이다. 그것은 또 만물을 창조·발전시키는 즉, '생(生)·육(育)·화(化)·성(成)'하는 하느님〔天·神〕의 뜻이기도 하다.

2. 인류 발전의 대도(大道)와 인간의 본성

《예기》 예운편(禮運篇)에 '대도지행야(大道之行也), 천하위공(天下爲公)'이라는 첫마디와 더불어 대동(大同)사상이 기술되었다. 즉 인류가 대동단결하여 하나의 공동세계를 이룩하는 것이 대도(大道 : 천도)의 구현이라는 뜻이다.
타이완의 대학자 진입부(陳立夫)는 《인리학연구(人理學研究)》에서 인류 발전의 근원을 협동〔仁〕이라 하고, 아울러 다음과 같이 인간의 본질을 공식으로 표시했다.

$$
\begin{array}{l}
\text{(인간 전체) } X = (A + B) + C \\
\qquad\qquad\qquad\quad \| \quad \| \quad\ \| \\
\qquad\qquad\qquad\quad \text{食} \quad \text{色} \quad \text{仁}
\end{array}
$$

A는 식(食)이다. 생명보존을 위해 먹어야 한다. B는 색(色)이다. 종족 계승을 위해 남녀가 결혼하여 자손을 낳는다. 맹자는 '식색(食色)은 본성이다.'라고 했다. 그러나 이 '식과 색(A+B)'은 동물의 본능이기도 하다. 인간이 (A+B)만으로는 원시 상태에서 야수(野獸)와 싸워 이기거나 자연을 활용하여 오늘같이 문명인으로 성장하지 못했을 것이다.

인류가 다른 동물과 달리 오늘의 영광을 차지한 근원 요인이 바로 C에 있는 것이다. C는 '인(仁)'이다. '인'은 '두 사람〔二人〕' '남을 사랑함〔愛人〕'이다. 또 '큰 인'은 속에 '작은 사랑〔仁〕' '슬기〔知〕' '정의의 실천력〔勇〕'의 삼달덕(三達德)을 포함하고 있다. 따라서 'C〔仁〕'는 '지(知)·인(仁)·용(勇)'과 '협동'이다.

쉽게 풀면 '사랑으로 뭉치고 협동해야 잘 살 수 있다는 것을 깨닫고〔知〕 이를 희생적으로 실천했다.' 그 결과 인류는 발전했다. 소아(小我)를 죽이고 대아(大我)에 산 것이다. '살신성인(殺身成仁)' '극기복례(克己復禮)'한 것이다.

우리는 이 'C' 속에서 인간의 존엄성과 가치를 찾을 수 있다. 《서경(書經)》 '천지는 만물의 부모고, 사람은 만물 중에서 가장 영(靈)한 것(惟天地萬物父母, 惟人萬物之靈)'이라고 한 '영적 존재'도 바로 'C'로 인한 것이다. 그리고 이 'C'는 바로 하늘이 인간에게만 준 천성(天性)이다. 《중용(中庸)》에서 '하늘이 부여해 준 것이 바로 성(性, 理)이다.(天命之謂性)'라고 한 대로다. 즉 우리의 본성〔仁=人 : humanity〕은 그대로 천리(天理)를 따르게 되어있다.

천리는 무엇인가? 그것은 우주의 원리다. 우주는 하나의 큰 생명체다. 끝없이 살고 진화한다. 우(宇)는 '상하사방(上下四方)' 즉 공간이고, 주(宙)는 '왕고금래(往古今來)' 즉 시간이다. 우(宇)는 천지 만물을 포섭했고, 주(宙)는 영구불변하는 흐름이다. 우주는 무한한 공간이자 영원한 시간이다. 따라서 유한한 피조물인 인간의 인식〔특히 감관적 인식〕을 초월한 존재다. 이것을 노자(老子)는 '도(道)'라고 했다. 또 우주의 원리를 유가에서는 '천도(天道)'라고 했다.

비록 그 실재나 실체는 알 수 없으나, 결과 세계에 대해서는 우리가 알 수 있다. 즉 우주의 질서정연한 운행이나 천지 만물의 창조와 진화〔生育化成, 生生〕가 이루어진다는 사실이다. 그리고 그 근원을 천(天)이다, 도(道)다, 또는 자연이라고 한다.

공자는 말했다. '하늘이 무슨 말을 하는가? 사시가 바뀌어 가고, 만물이 생육하건만 하늘이 무슨 말을 하는가?(天何言哉, 四時行焉, 萬物生焉, 天何言哉.) -《논어》 양화편(陽貨篇)' 《주역(周易)》에는 '천지의 대덕(大德)은 삶〔生〕이다.(天地之大德曰生.)'라고 있다. 《상서정의(尙書正義)》에는 '천지의 뜻은 만물을 키우려 함이다.(天地之意, 欲養萬物也.)'라고 했다.

또 《중용》에는 '만물이 서로 어울려 살며 서로 해치지 않고, 모든 도리가 같이 이루어지면서도 서로 충돌하지 않게 한다. 그러므로 천지를 크다고 한다.(萬物並生而不相害, 百道並行而不相悖. …此天地之所以爲天也.)'라고 했다. 즉 우주 천지는 조화를 이루고 다같이 영원히 자라게 마련이다. '중화를 이루고 천지가 제자리에 위치하고, 만물이 다같이 자란다.(致中和, 天地位焉, 萬物育焉.) -《중용》'

한마디로 천도는 자연의 대조화 속에서 끝없이 만물을 창조하고 진화시켜 나간다. 따라서 사람들도 그러한 천리를 따라 '공생·공존·공진화'할 수 있는 본성을 하늘로부터 부여받고 있으며, 그것이 바로 'C〔仁〕'이다. 그러므로 인륜이란 다름이 아니다. 천리를 따라 '모든 사람이 조화 속에서 다 같이 잘 살고 발전하는 원리'이며, 그것이 바로 '인(仁)'이며, 이 '인'은 육친애(肉親愛)를 바탕으로 한 '사랑'이며, 그 사랑의 바탕이 바로 '효'다.
여기서 또 한 가지 중요한 문제를 생각해야겠다. 오늘의 인류는 경이적 과학, 기술의 성과를 올리고 의기양양하며 신(神)과 하늘 앞에 오만불손하고 물질·과학 만능을 구가하고 있다. 그러나 과학은 무엇인가? 물질은 무엇인가? 모두가 하늘에서 나온 것이다.
과학은 자연법칙을 따르고 활용해서 얻어지는 것이지, 자연법칙을 어기고 이루어지는 것이 아니다. 자연법칙 그것이 바로 도(道)다. 노자는 말했다. '사람은 땅을 본받고, 땅은 하늘을 본받고, 하늘은 도를 본받고, 도는 자연을 본받는다.(人法地, 地法天, 天法道, 道法自然.)' 달로켓도 만유인력(萬有引力)을 이용해서 만들어지는 것이다. 또 아무리 고성능 비행기를 개발했다고 해도 제비같이 미묘하고 신통할 수는 없다. 인간 앞에 인간이 오만할 수는 있어도 절대로 신과 하늘 앞에 건방져서는 안 되겠다.
이렇듯 과학 자체가 천도를 따라서 이루어지는 것이다. '하늘을 따르면 살고, 거역하면 망한다.(順天者存, 逆天者亡.)'라는 맹자의 말은 과학에도 적용된다. 더더욱 인류가 하나가 되어 평화롭게 공생·공존·공진화할 인간의 도(道)의 원리는 바로 천리(天理)에서 나온다고 한 것은 당연하고도 당연하다.

그 인간 윤리의 근원이 바로 'C〔仁〕'이고, 인의 핵심이 '사랑'이요, 사랑은 바로 효에서 자란다.
이 항(項)의 매듭으로 'C〔仁〕'와 협동의 뜻을 깊이 풀겠다. 인간과 인간의 협동은 공간〔宇〕과 시간〔宙〕 둘을 통해서 이루어진다. 공간은 상하사방, 즉 지역과 계층을 포괄하고, 시간은 역사와 세대를 관통한다. 공간은 3차원의 원구(圓球)를 이루고, 그것이 역사적 시간의 흐름을 따라 흐름으로써 4차원을 이룬다. 'C〔仁〕'의 협동이란 4차원적이다.
그리고 나라고 하는 인간은 바로 그 4차원의 중심이다. 다시 말해서 내가 우주의 중심인 것이다. 육상산(陸象山)이 '내 마음이 바로 우주다.(吾心卽宇宙之心)'라고 한 뜻이 이 경우에도 공감된다. 이러한 협동의 자각이 있을 때 인간은 외롭지 않고 자기 가치도 높은 줄 알게 될 것이며, 영생(永生)의 뜻도 알 것이다. 그러나 현대인은 협동의 'C〔仁〕'가 결핍하여 고독하고, 유한한 동물적 생(生)과 사(死) 앞에 불안하고 초조하고 허무한 몸부림만을 치게 마련이다.

3. 효의 근본원리

효의 원리는 '사랑'을 바탕으로 한 인류애와 세계 평화에 통한다. 천륜(天倫)의 인간관계인 부모자식 간의 자애가 바로 효이고, 형제 장유(長幼) 간의 우애가 바로 제(悌)이다. 즉 종적(縱的)인 사랑이 효이고, 횡적(橫的)인 사랑이 제다. 가정에서 효와 제가 지켜지면 화목하고, 사회나 국가에서 이들이 지켜져야 총화단결하고, 세계에서 이들이 지켜지면 하나의 세계와 인류의 대동(大同)과 평화가 실천될 것이다.

공자는 《논어》 학이편(學而篇)에서 '효제(孝悌)는 휴머니즘〔仁〕을 이룩하는 근본이다.(孝悌也者, 其爲仁之本與.)'라고 했다. 인(仁)은 인류애가 넘치는 협화(協和) 대동의 경지다. 또 맹자는 《맹자》 진심상(盡心上)에서 '육친(肉親)'을 친애하는 것이 인이고, 장자(長者)를 경애(敬愛)하는 것이 의(義)다.(親親仁也, 敬長義也.)'라고 했다. 또 그는 말했다. '육친을 친애하고 나아가서는 남들〔백성〕을 인애하고, 더 나아가서는 만물을 사랑한다.(親親而仁民, 仁民而愛物)' 이상을 종합하여 다음과 같이 도시할 수 있다.

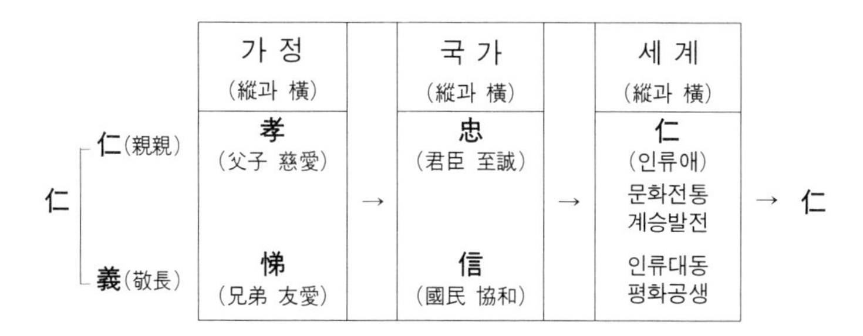
仁
仁(親親)
義(敬長)
가 정
(縱과 橫)
孝
(父子 慈愛)
悌
(兄弟 友愛)
→
국 가
(縱과 橫)
忠
(君臣 至誠)
信
(國民 協和)
→
세 계
(縱과 橫)
仁
(인류애)
문화전통
계승발전
인류대동
평화공생
→ 仁

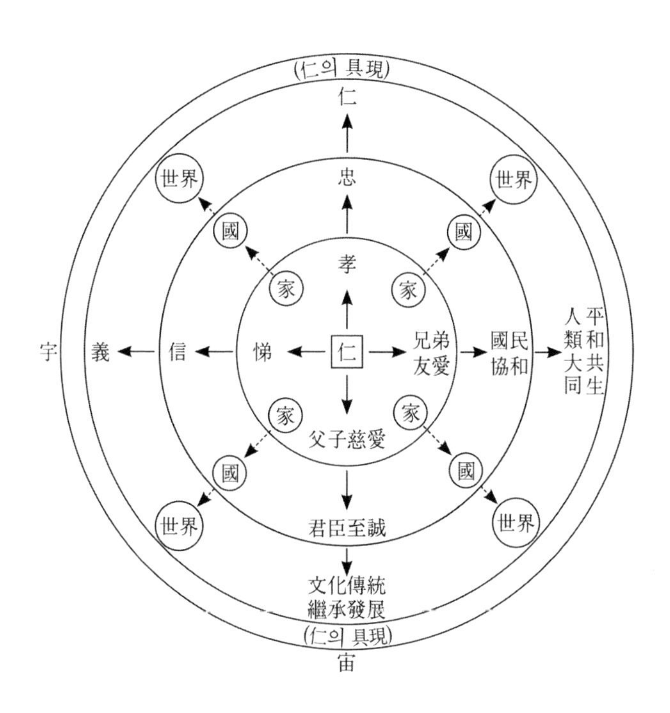
(仁의 具現)
仁
忠
孝
世界
國
家
宇
義
信
悌
仁
兄弟
友愛
國民
協和
人類大同
平和共生
父子慈愛
君臣至誠
文化傳統
繼承發展
(仁의 具現)
宙

《대학(大學)》에서 말한 '수신(修身)·제가(齊家)·치국(治國)·평천하(平天下)'가 바로 이런 경지다. 수신은 어디까지나 '효·제'를 바탕으로 하고 그 핵심은 인(仁)이다. 인은 사랑의 결정이다. 작게는 육친애, 크게는 인류애다. 작은 사랑과 큰 사랑이 일통(一統)되어야 한다. 나만을 사랑하는 이기주의는 남을 모두 사랑하는 인류애와 대립되지만, '인(仁)의 사랑'은 그렇지가 않다. 개별과 전체가 일통되고 있다.

다음에서 효의 원리의 주요한 항목을 몇 개 들어 풀겠다.

i) 효는 순천법조(順天法祖), 보본반시(報本反始)다

한마디로 만물의 근원이자 우주의 주재자인 '천(天)'으로 귀일하자는 것이다. 천(天)은 '일대(一大)'다. 지대한 하나〔一〕이다. 사람들이 '일(一)'에 돌아가야 한 덩어리 인류로서 공생·공존·공진화할 수가 있다. '一'은 '道'이다. 따라서 '천도'에 귀일하고 천도를 지킨다고 해도 좋다. 이것은 '위로 천도를 받들고 아래로 사람의 성정을 다스리는(上承天道, 下治人情)' 예(禮)와 같이 '하늘을 따르고 선조를 본받자는(順天法祖)' 경지다.

《예기》 교특생(郊特牲)에 있다. '만물은 하늘에서 나왔고, 사람은 선조에서 태어났다. 다 같이 생생지대덕(生

生之大德)이 있으므로 선조도 상제(上帝)와 같이 모시는 것이다. 교제(郊祭)는 이렇듯이 가장 크게 보본반시하기 위한 제사다.(萬物本於天, 人本乎祖, 此所以配上帝也. 郊之祭也, 大報本反始也.)' 또 《예기》 제통(祭統)에 있다. '제사는 추양계효하는 것이다. 효는 휵(畜 : 생육화성)이다. 천도를 따르고 천륜에 어긋나지 않는 것을 휵이라 한다.(祭者, 所以追養繼孝也. 孝也者畜也, 順於道, 不逆於倫, 是之謂畜.)'

하늘은 만물을 생육화성하는 근원이다. 따라서 천도를 따르고 천륜〔천리〕을 거스르지 않아야 인간들도 '생육화성'할 수가 있다. 휵(畜)은 양육해서 생산한다는 뜻이며, 효를 휵이라 하였다. 즉 동양에서 말하는 효의 원의(原義)는 '생육화성'을 목적한 매우 생산적인 것이며, 이는 만물을 생육화성하는 천륜에서 나온 것임을 새삼 깨달아야겠다.

모든 사람이 자기를 낳아준 선조를 통해서 만물의 본(本)인 '하나의 가장 큰〔一大〕' '하늘〔天〕'에 다 같이 귀일한다는 것이 바로 인류 번영과 세계 평화의 요체다. 따라서 《효경》 개명종의(開明宗義)에는 다음과 같이 있다. '옛날의 성군이나 명왕은 최고의 덕행과 긴요한 도리로 천하를 순리로써 다스렸다. 그러므로 백성들도 화목하고 아래위가 원망하는 일이 없었다.(先王有至德要

道, 以順天下. 民用和睦, 上下無怨.)' 공자가 '효가 덕의 바탕이고, 교화의 근원이다.(孝德之本, 敎之所由生也)'라고 한 뜻을 알 만하다. 특히 효가 '생육화성'하는 하늘을 본딴 〔孝는 效의 뜻도 있다〕 매우 생산적인 원리라는 점을 다시 한 번 강조하겠다.

ii) 효는 인(仁, humanism)을 구현한다

《논어》에 있다. '효제는 인을 구현하는 바탕이다.(孝悌也者, 爲仁之本與.)' 맹자는 '육친을 친애하는 것이 인이다.(親親仁也.)'라고 했고, 또 '측은하게 여기는 마음이 인이다.(惻隱之心, 仁也.)'라고도 했다. 즉 인은 공자가 '남을 사랑하는 것(愛人也)'이라 하듯이, 인간의 본성에 있는 사랑의 마음을 바탕으로 이를 뻗어 부모애, 형제애 및 인인애(隣人愛), 나아가서는 인류애로 확대하는 것이다. 그리고 그 출발점은 어디까지나 자기에게 두었다. 유가(儒家)에서 '자기를 수양함으로써 백성을 안락하게 해준다.(修己以安人)'라는 것은 바로 효제를 바탕으로 인덕(仁德)을 실천하는 것이다. 그 단계가 수신·제가·치국·평천하라는 것은 이미 앞에서 밝혔다.

iii) 효와 충군애국(忠君愛國)

'수기치인(修己治人)'의 단계에서 '치국'을 중심으로 할 때 효의 실천은 바로 '충(忠)'이 된다. 주자(朱子)는 '자기의 최선을 다하는 것이 충이다.(盡己之謂忠)'라고 했다. 육친애를 뻗어 국가와 민족을 사랑하고 헌신하는 것이 충성이며, 이는 소아(小我)를 초월하여 대아(大我)에 사는 경지이기도 하다. 공자는 '자기를 극복하고 예(禮 : 천리)에 복귀하는 것이 인이다.(克己復禮爲仁.)'라고 했고, 또 더 나아가서는 '나를 희생하여 인을 이룩하라.(殺身成仁)'라고 말했다. 이들 인의 바탕이 효다.

《효경》에는 다음과 같이 있다. '효는 어버이 섬기는 데서 비롯하여 다음에 충군애국하고, 불후의 공을 세워 입신양명함으로써 완성된다.(夫孝, 始於事親, 中於事君, 終於立身.)' '효로써 지성껏 임금을 섬기는 것이 충이다.(以孝事君則忠)' '군자는 부모를 효로써 모신다. 그러므로 그 효를 옮겨 충으로써 임금을 섬긴다.(君子之事親也孝, 故忠可移於君.)'

부모에게 효도하는 것이나 충군 애국하여 공을 세우는 것은 결국 모두 천리를 따르고, 천명을 받드는 일이다. 즉 일통(一統)된 도덕이다.

충효를 겸비하여 국가나 사회에 입공양명(立功揚名)하면 자연히 부모까지도 높여 주게 된다. 그러므로 그것도 효의 완성이 되는 것이다. 《효경》에 있다. '사회에 나아가 도를 지켜 공을 세우고, 후세에 이름을 높여 부

모를 나타나게 해주는 것이 마지막 효도다.(立身行道, 揚名於後世, 以顯父母, 孝之終也.)'

이와 반대의 경우를 《예기》 제의편(祭義篇)에서 대략 다음과 같이 들었다. '몸가짐이 근신(謹愼)하지 않거나, 임금에게 충성하지 않거나, 관직을 엄숙하게 수행하지 않거나, 벗에게 신의를 지키지 않거나, 전쟁에서 용감하게 싸우지 못하면 불효(不孝)다. 이들은 모두 부모에게 재앙을 미친다.'

효는 이렇듯 천도와 진리를 실천하고, 국가나 세계에 공을 세우고, 후세에 빛을 내고, 아울러 부모까지 양현(揚顯)케 해드리는 것이다. 《효경》 감응편(感應篇)에 있다. '지극한 효제는 신명에 통하고, 사해에 빛나고, 통하지 않는 곳이 없다.(孝悌之至, 通於神明, 光于四海, 無所不通.)'

순수한 육친애, 부모 사랑을 뻗어 인류애로 번지게 하여 인〔휴머니즘〕을 구현하면 바로 하늘에 통하고, 사해에 빛을 떨칠 것이다. 이렇듯 효는 인류평화를 구현하는 것이기도 하다.

ⅳ) 효는 문화전통의 계승 발전이다

《중용》에 있다. '효자는 어른의 뜻을 잘 계승하고, 어른의 사업을 잘 이어 성취한다.(夫孝子, 善繼人之志, 善述

人之事.)' 이 '계지술사(繼志述事)'의 뜻은 매우 중대하다. 본래는 주(周) 무왕(武王)과 주공(周公)을 두고 그들이 선조의 뜻과 일을 잘 이어 받들고 마침내 이상적인 주나라를 세웠으므로 '달효(達孝)'라고 높인 말이다.

그러나 '계지술사'가 바로 인류문화나 역사발전의 원칙이다. 선조의 이상과 유지(遺志) 및 문화전통과 유산 업적을 계승하고 이를 바탕으로 더욱 창조적으로 발전시키는 일은 인류 발전과 향상의 원칙이다. 이것을 바로 '계지술사'라 했고, 효의 원리로 여겼다.

이렇듯 효의 원리에 '인류의 발전'이 강조되었다는 것은 놀랍다고 할 수 있다. 그러나 효가 우주의 원리를 따랐고, 우주의 원리, 즉 천도가 '쉬지 않고 창조〔至誠無息〕'하는 존재이고, 또 '끝없이 넓고 공평〔至公無私〕'한 것이므로, 효도 '전 세계적 대동을 바탕으로 끝없는 창조와 발전'을 원리로 삼고 있다.

v) 효는 인간의 가치와 존엄성을 높인다

인간은 결코 우주〔즉 공간적 세계와 시간적 역사〕에서 단절된 우연한 존재로 태어나지도 않았고, 또 그러한 상태로 살고 있지도 않다. 나라고 하는 개인은 언제나 어디서나 시간과 공간적 연계와 유대 속에 사는 것이다. 즉 인간은 살아 있는 우주에 사는 하나의 세포인 것이다.

따라서 인간은 인류 대동과 인류문화를 발전시킬 숭고한 사명을 지닌 귀중한 생명체임을 자각해야 한다. 내가 나로 끝나면 인류사회도 없고, 문화발전도 없다.

그러므로 효는 인간에게 자기의 귀중한 존재를 자각시키고, 우선 자기의 신체를 보전할 것을 강조한다. 《효경》에 있다. '부모가 나를 온전하게 낳아주셨으니, 자식이 온전하게 돌려 드려야 하며, 그래야 효라 할 수 있다.(父母全而生之, 子全而歸之, 可謂孝矣.)' '몸은 부모가 나에게 남겨 준 것이다. 부모가 남겨준 몸을 감히 불경할 수가 있는가?(身也者, 父母之遺體也. 行父母之遺體, 敢不敬乎.)' '신체발부는 부모에게 받았다. 훼손하지 않는 것이 효의 시초다.(身體髮膚, 受之父母, 不敢毁損, 孝之始也.)'

사람들은 부모에게 물려받은 재산이나 문화유산을 아낄 줄 안다. 그렇듯이 부모에게 물려받은 몸을 소중히 간직하고, 자기에게 주어진 인류 발전을 위한 역사적 사명을 다하고, 다시 후손에게 모든 것을 온전하게 물려주어야 한다. 그래야 인류는 단절되지 않고 영구히 발전할 수가 있다.

효의 원리에는 이렇듯이 확고한 역사 계승의 목적의식이 서 있다. 그러므로 맹자는 '불효에는 세 가지가 있는데, 후손 없는 것이 가장 큰 불효다.(不孝有三, 無後爲

大.)'라고 했다.
자신의 역사적 존재가치를 인식하면 자중(自重)하게 된다. 자중하고 인류문화 발전을 위해 공을 세우면 그것이 바로 효다. 그렇지 못한 사람은 함부로 자기 몸을 내놓고 자포자기(自暴自棄)한다. 맹자는 말했다. '자기 몸을 망치고, 부모에게 효도했다는 사람을 나는 듣지 못했다.(失其身而能事其親者, 吾未之聞也.)'
현대사회의 병폐에 빠져 자신의 가치와 존엄성을 잃고 자학하는 현대인을 구제하기 위해서도 효의 정신을 바로 터득해야겠다.

vi) 효는 무조건의 복종이 아니다

《논어》에 있다. '아버지가 살아 계시면 뜻을 살피고, 아버지가 돌아가시면 생전의 행적을 본받아라. 그리고 3년을 아버지의 방식을 고치지 않고 따르는 것이 효다.(父在觀其志, 父沒觀其行, 三年無改於父之道, 可謂孝矣.)'
이것은 이상적인 정도(正道)다. 공자는 인간선(人間善)을 믿었고, 또 역사발전을 낙관했다. 따라서 문화도 전통위에서 착실하게 진화한다고 생각했다. 그러므로 세대교체에 있어서 과격이 아닌 점진적 개량 발전을 이상으로 여겼다.
동양의 효는 절대로 무조건의 복종을 강요하지 않고, 또 충(忠)도 실도(失道)한 폭군에게 굴욕적 추종이나 간교한 아첨을 뜻하지 않았다. 송대(宋代)의 성리학자들은 '충은 중이다. 즉 지공무사다.(忠者中也, 至公無私.)' '중은 천하의 천도다.(中者天下之正道.)'라고 했다. 충은 정도(正道 : 천도)를 지키는 것이지, 악덕한 폭군의 자의적인 인도(人道 : 정치)를 따르는 것은 아니다. 이 점에 대해서 종래에 오해가 많았으나 반드시 시정되어야 하겠다.

부모가 잘못했을 때 자식은 어떻게 해야 하나? 옛날 사람들은 이에 관해 많은 고심(苦心)을 했다.

순왕(舜王)을 대효(大孝)라 한다. 순왕의 부모는 순왕에게 여러 차례 박해를 가했다. 그러나 기민(機敏)한 순(舜)은 매번 위기에서 벗어났다. 그러면서도 순은 조금도 부모를 원망하거나 탓하고 대들지 않고, 스스로 덕을 가지고 천하를 다스려 마침내 부모까지 높였다. 이것이 대효의 경지다.

공자는 《논어》 이인편(里仁篇)에서 말했다. '부모에게는 되도록 잘못에 관한 책망을 하지 말라. 부모의 생각을 좇지 않는 경우도 부모를 전과 다름없이 존경해야 하며, 또 자신이 마음고생을 하더라도 부모를 원망해서는 안 된다.(事父母幾諫, 見志不從, 又敬不違, 勞而不怨.)' 《예기》 곡례편(曲禮篇)에는 '세 번 간해도 부모가 듣지 않으면, 소리 내어 울며 따른다.(三諫而不聽, 則號泣隨之.)' 성악설(性惡說)을 주장한 순자(荀子)는 '의를 따르고 잘못된 아버지를 따르지 말라.(從義不從父.)'라고 했다.

4. 결론 - 효와 교육

효가 인류 평화와 문화적 발전의 바탕이고 동시에 천도에 일통(一統)된다는 것을 잘 알았다. 《효경》에서 '효는 천도이자, 지의이자, 민행이다(孝者, 天之道, 地之義, 民之行.)'라고 한 대로다. 그런데도 오늘까지 우리는 어리석게 우리의 전통적 미풍양속 속에 깊이 살아 있던 미덕인 효를 일부러 외면하거나 버리는 어리석음을 범했다. 그 이유를 여기서 다시 따지고 싶지 않다.

힘을 앞세운 서구의 물질문명에 눌리고 서구의 제국주의적 식민정책에 의해 일찍이 동양이 몰락했었고, 또 제2차 세계대전 후 눈부신 서구의 물질문명을 받아들이느라 정신적이고 전통적인 것을 소홀히 했다고 치자! 그러나 그냥 눈감아 넘겨버리기에는 오늘의 세계는 너무나 병들고 있다.

이제 우리는 인류의 구제를 위해 사랑의 인간 윤리를 되찾아야 한다. 과연 오늘의 세계는 미국을 비롯하여 정신의 존엄성을 되찾자는 움직임이 활발해지고 있다.

인류애의 바탕이 효라는 것을 거듭 강조하고 효를 어떻게 실천하여 인류애로 확대할까로 생각해 보고자 한다.

인류문화의 성과는 학습에서 얻어진 것이라고, 케네스 볼딩(Kenneth Boulding : 미국의 이론경제학 · 사회철학자) 교수는 말했다. 사람은 무엇이든지 배운다. 배우지 않는 것은 하나도 없다. 밥 먹는 일에 관해서도 다각다면(多角多面)하게 배운다. 그것이 바로 문화인이 되는 길이다. 운전도 배우고, 테니스 치는 것도 배운다. 심지어 전쟁에서 사람 죽이는 일까지 배운다. 배우지 않는 것이 없다.

그런데 꼭 한 가지 배우지 않는 것이 있다. 부모를 사랑하고 효도하는 일이다. 이것을 옛날에는 열심히 가르쳤다. 그러나 오늘에는 학교 교육에서 거의 무시되고 있다.

사랑하는 것도 배워야 한다. 부모가 자식을 낳아 키우고 사랑하는 것은 본능이다.(요새는 자식을 버리는 비정한 부모도 없지 않다) 그러나 이것은 동물에게도 있는 본능이다. 개도 새끼를 낳고 잘 키운다. 그러나 몇 달 후면 모른 척한다.

자식이 부모를 사랑할 수 있다는 점이 바로 인간만이

할 수 있는 특성이고 존엄한 점이다. 그런데 이것은 동물도 가지고 있는 본능적인 면이 아니기에 이를 배우고 훈련해야 한다. 이것을 배우지 않으면 동물과 다를 바 없다.

자식으로서 자기 부모도 진심으로 사랑하지 못하는 자가 어떻게 이웃을 사랑하고, 다른 민족을 사랑한단 말인가? 그러기에 오늘날의 인류사회는 고갈되어 가고 있다.

전 세계의 인류는 인류애에 의한 세계 평화를 구현해야 한다. 힘을 가지고 남을 능욕하고 침범하는 강식약육(强食弱肉)의 동물 세계가 아니라 '사랑과 조화로써 공생·공존·공진화'하는 하나의 대동 사회를 이룩해야 한다. 그것이 하늘의 뜻에 맞고 인류는 영구히 살아 번성할 것이다. 그 바탕은 효에 있고, 자식이 부모를 사랑하는 것을 가르치고 길들이는 교육을 우리는 무엇보다도 중시해야겠다.

오늘의 교육도 현대사회의 병폐로 깊이 병들고 있다. 학문의 세분화·전문화로 과학적 정확을 기하는 것은 절대로 필요하다. 그러나 근본적 대도(大道)를 망각해서는 안 된다. 세포를 위한 세포의 분류나 연구로 끝나서는 무의미하다. 생명 전체를 위해 돌아가야 한다.

이러한 의미에서 오늘의 교육이 주로 현실적 현상에만

골몰하고 근원적 인륜을 거의 망각하고 있음은 통탄할 일이다. 정치학은 왜 하나? 강대국이 어떻게 후진국을 다스리느냐를 배우기 위한 그런 것은 하나의 정략(政略)이지 학문이 아니다. 학문은 기능으로 끝날 수는 없다. 학문은 인류 전체의 창조와 발전을 위해 진리, 즉 천도를 구현하고자 하는 것이다.

따라서 오늘의 교육이나 학문도 무엇보다도 '사랑'의 근본이고 공생·공존·공진화의 기본원리인 효의 학습 훈련에 중점을 두어야 하며, 그래야 오늘의 세계 인류가 구제될 것이다.

끝으로 《대학》의 말을 인용하겠다. '재물은 말(末)이고 덕이 본(本)이다. 그런데 덕을 밖으로 몰아내고 재물을 안에 높이면, 사람들이 서로 싸우고 빼앗게 된다.(德者本也, 財者末也. 外本內末, 爭民施奪.)'

오늘의 학문 교육도 '재말(財末)'에서 벗어나 덕본(德本)을 찾아야 하고, '효는 모든 덕의 바탕이고, 교육의 근원이다.(孝德之本也, 教之所由生也.)'라고 한 《효경》의 뜻을 깊이 살펴야겠다.

그래야 《논어》에서 '효제가 인(仁 : humanism)을 이룩하는 바탕(孝悌也者, 爲仁之本與)'이라고 했듯이 사랑에 의한 하나의 세계, 인류평화를 이룩할 수가 있다.

효경 孝經

초판 인쇄 – 2024년 7월 5일
초판 발행 – 2024년 7월 10일

역주자 – 장 기 근
발행인 – 金 東 求
발행처 – 명 문 당(창립 1923년 10월 1일)
서울시 종로구 윤보선길 61(안국동)
우체국 010579-01-000682
전 화 (02) 733-3039, 734-4798
FAX (02) 734-9209
Homepage www.myungmundang.net
E-mail mmdbook1@hanmail.net
등록 1977.11.19. 제1-148호

■

* 낙장 및 파본은 교환해 드립니다.

* 정가 12,000원

ISBN 979-11-987863-6-4 93140